**지은이**

**김미량**

1970년생으로 《여성신문》 기자로 활동하며 여성의 경제 활동, 일자리 정책, 여성 CEO 네트워크, 커리어 개발 등의 분야를 주로 담당하였다. 이후 SBS 방송국 〈백지연의 SBS 전망대〉 메인 작가로 근무하였고 현재 시민단체에서 여성의 권익 운동과 대안적 사회 운동을 하고 있다. 저서로는 귀농 여성 CEO의 성공 스토리를 엮은 『여성 농사꾼의 유쾌한 성공 이야기』(공저)가 있다.

서른이 넘어 스스로에게 안식년을 주기 위해 모든 일을 접고 무작정 1년간 어학연수를 떠났다. 비록 1년이지만 경력 단절로 인한 재취업 과정의 어려움과 현실을 직접 체험했다. 이를 그동안 다양한 직장 생활에서 얻은 경험들과 함께 정리하여 새롭게 시작하는 아내들을 응원하기 위해 이 책을 썼다.

**권지희**

1980년생으로 대학 시절 학보사에 발을 디딘 후 지금까지 기자를 천직으로 여기며 열정적으로 활동하고 있다. 2001년 한국기자협회 산하 대학언론위원회가 선정한 '한국대학기자상' 특별상을 수상하였다. 현재 《여성신문》 기자로 국회와 여성부를 출입하며 전업주부 재취업과 여성 일자리 분야를 집중 담당하고 있다. 이를 통해 일하려는 아내들의 열의와 의욕을 직접 체감하며 이들을 돕고자 취재에서 얻은 정보와 사례들을 모아 이 책을 썼다.

**초판 1쇄 인쇄** 2009년 5월 25일
**초판 1쇄 발행** 2009년 6월 10일

**지은이** 김미량 · 권지희 | **펴낸이** 김종길
**편집부** 이혜선 · 한정희 · 이경숙 | **디자인부** 박은진 · 김영미 · 윤진숙 · 박초롱
**마케팅부** 김재룡 · 박용철 | **인터넷 사업부** 현지선 | **홍보부** 홍순정 | **관리부** 조효원 · 최현석

**펴낸곳** 글담출판사 | **출판등록** 제7-186호
**주소** (132-898) 서울시 도봉구 창4동 9번지 한국빌딩 7층
**전화** 02)998-7030 | **팩스** (02)998-7924
**홈페이지** www.geuldam.com | **이메일** bookmaster@geuldam.com
**블로그** http://blog.naver.com/guldam4u

**값** 11,800원

ISBN 978-89-92814-17-1 03810
잘못 만들어진 책은 바꾸어 드립니다.

글담출판사는 독자 여러분의 의견에 항상 귀 기울이고 있습니다.
책에 대한 좋은 아이디어나 원고가 있으신 분은 bookmaster@geuldam.com으로 보내 주세요.

「이 도서의 국립중앙도서관 출판시도서목록(CIP)은 e-CIP 홈페이지(http://www.nl.go.kr/ecip)에서 이용하실 수 있습니다.(CIP제어번호 : CIP2009001542)」

아내의 앞치마를 벗고 나만의 와이셔츠를 입어라!

# 아내가 내일을 JOB았다

아내가 내일을 잡았다

김미량, 권지희 지음

능력 있는 '나'가 되기 위한 아내들의 사회 복귀 프로젝트

글담출판사
www.geuldam.com

# Contents

## Part 1
# 다시 한 번
# 나를 펼치고 싶다

# Mind

# Part 2
# 새로운 시작,
# 생각대로 이루어진다

# Information

**＊일러두기**
이 책에 소개된 모든 인물들은
저자와 협의 아래 일부를 제외 모두 가명으로 처리하였습니다.

'나는 정말 잘 살고 있는 걸까?'

분명 스스로 선택한 삶인데, 왠지 삶의 주인공이 내가 아닌 것 같은 불안감은,

단지 배부른 투정이며 착각인 것일까?

엄마와 아내 말고도 온전한 '나'로서 하고 싶고,

또 할 수 있는 일들이 많은 세상에 살고 있다.

현재보다 행복하고 만족스러운 삶을 추구하는 것은 인간의 본능이다.

그리고 그 본능에 따라 자신의 능력을 개발하기 위해

도전을 꿈꾸는 것 역시 당연한 욕구다.

# Part 1
## 다시 한 번 나를 펼치고 싶다

# 1 MIND

# 나도 직업이
# 있으면 좋겠다

한 가정의 엄마이자 아내라는 수식어에 익숙한
그녀들도 한때는 뜨거운 열정과 커다란 꿈을 품고
내일을 향해 매진하던 젊은 날이 있었다.
시간이 흐른 지금 그때의 열정과 꿈은 단지 가정을 위해
잠시 가슴속에 묻어 두었을 뿐, 어디로 사라진 것은 아니다.
그렇기에 그때의 열정을 다시 불러일으켜
살아가는 사람을 보면,
자신 역시 별 변화 없는 지금의 삶에서 벗어나
멋지게 살고 싶다는 희망을 품게 된다.
그리고 그러한 마음이야말로
새로운 삶을 향한 소중한 첫걸음이 된다.

# 나는 지금 잘 살고 있는 걸까?

"요즘 어떻게 지내?"

"그냥, 애 키우고 살림하고, 언제나 똑같지 뭐."

"그래, 넌 정말 좋겠다. 난 이 생활에서 언제나 벗어날 수 있을까? 조직 생활, 이젠 정말 지겹다 지겨워……."

여고 시절 단짝 친구와 6년 만에 만난 자리. 오랜만에 만난 친구인 만큼 하고 싶은 얘기, 풀어 놓을 얘기가 정말 많았다. 그렇기 때문에 친구의 1시간밖에 안 되는 점심시간에 맞추느라 서둘러 집을 나왔다. 그런데 막상 친구를 만나고 나니, 친구의 바쁜 회사 얘기를 들으며 "어머, 그렇구나."라며 고개를 끄덕여 줄 뿐이었다. 나의 근황으로는 딸 애기 빼고는 특별하게 해줄 얘기도 생각나지 않았다. 매일 빈둥거리며 지낸 것도 아닌데 슬그머니 치고 올라오는 열등감은 대체 뭐란 말인가. 돌아오는 버스 안, 그녀는 과거 쉽게 놓아 버렸던 기회의 순간들을 곱씹어 본다.

20여 년 전, 여성들은 사회를 향해 남자들과 똑같이 일할 기회를 달라고 목소리를 높였다. 하지만 한편으로는 결혼을 하고 아이를 낳게 되면 '전업맘'으로 돌아가는 사회 분위기를 당연하게 받아들였다.

10여 년 전, 많은 여성들이 결혼을 하더라도 꼭 직장을 그만둘 필요는 없었다. 기꺼이 '나쁜 여자'가 되어 가정과 직장 모두 놓치지 않겠다는 흔들림 없는 의지만 있다면 말이다.

그리고 지금 우리 사회는 여성들이 나서서 일을 해야 한다고 소리 높여 외치고 있다. '워킹맘'을 위한 사회적 인프라는 아직도 부실하기 짝이 없건만, 결혼했다고 직장을 그만두는 것은 마치 미래를 준비하지 못하는 '철없는' 행동으로 낙인찍힌다. 그리고 타의든 자의든 자신의 '직업'을 포기해야 했던 아내들의 고민이 시작된다.

다시 앞서 이야기로 돌아가 보자.

33살 늦은 나이에 결혼을 한 현주 씨. 결혼이라는 '기회'가 왔을 때 조금의 미련도 없이 직장에 사표를 던졌다. 징글징글했던 10년간의 직장 생활이었다. 구조조정 얘기가 나올 때마다 명예퇴직 1순위에 오르는 나이 많은 여직원들 틈에 끼지 않기 위해 야근도 마다하지 않았다. 그리고 떠나갔던 선배들이 비정규직으로 이전보다 훨씬 못한 월급을 받으며 일하는 것을 보고, 그녀는 무슨 일이 있어도 저렇게 되지 않으리라 다짐도 했었다.

6년이 지난 지금 어느새 딸아이는 놀이방에 갈 나이가 되었다. 가끔씩은 아파트 단지에서 사귄 동네 친구들과 함께 외식을 즐길 여유도 생겼다. 얼마 전에는 조금 더 큰 평수의 아파트도 분양 받았으니, 비록 은행에 갚아야 할 대출금은 남아 있지만 '내 집 마련'이라는 큰 스트레스는 덜은 상태다. 싱글로 지내는 동안 늘 꿈꾸어 왔던 바로 그 생활인데, 요즘 솔직히 마음이 공허하다.

'나는 정말 잘 살고 있는 걸까?'

분명 스스로 선택한 삶인데, 왠지 삶의 주인공이 내가 아닌 것 같은 불안감은, 단지 배부른 투정이며 착각인 것일까?

대한민국에서 아줌마로 살아가는 것은 결코 만만치 않은 일이다. '아줌마'로 불리는 순간 느껴야만 하는 유쾌하지 못한 기분은 애교에 불과하다. 정작 '주부 우울증'에 빠질 만큼 스트레스를 주는 것은 바로 아줌마들에게, 특히 '집에 있는' 아줌마들에게 우리 사회가 쏟아 놓는 '요구'들이다.

　아줌마지만 아가씨 같은 몸매와 세련된 외모를 갖고 있어야 비로소 '자기 관리를 할 줄 아는 여성'이고, 아이들 교육 정보를 꿰고 있어야 '현명한 엄마'며, '일'을 하고 있어야 '당당한 아내'라는 기준은 대체 누가 어디서 만들어 낸 것일까?

# 엄마, 아내가 아닌
# '나'로 살고 싶다

이것저것 생각하다 보면 울컥 화가 치밀어 오를 것이다. 그러나 많은 전업맘들이 스스로 '프로페셔널한 엄마와 아내'의 역할에 만족하지 못하고 우울함과 불안한 마음을 갖게 되는 이유는 이런 사회적 요구 때문만은 아니다. 엄마와 아내 말고도 온전한 '나'로서 하고 싶고, 또 할 수 있는 일들이 많은 세상에 살고 있다. 현재보다 행복하고 만족스러운 삶을 추구하는 것은 인간의 본능이다. 그리고 그 본능에 따라 자신의 능력을 개발하기 위해 도전을 꿈꾸는 것 역시 당연한 욕구다.

공무원 남편 월급으로 알뜰하게 살림 잘하기로 소문난 용숙 씨(42

세)는 요즘 말로만 듣던 주부 우울증을 경험하고 있는 중이다. 24살에 결혼한 그녀는 결혼 생활 17년 동안 고등학생, 중학생이 된 두 아들과 50살을 바라보는 남편 뒤치다꺼리를 해왔다. 그리고 이것이 여자라면 당연히 해야 할 의무며, 그게 바로 '평범한 여자들의 인생'이라고 생각했다. 이런 용숙 씨에게 깊은 고민을 안겨 준 사람은 바로 3년 만에 만난 친구였다. 일상생활의 수다로 시작한 대화는 삶의 목표와 계획이라는 거창한 주제로 옮겨 갔다. 이 과정에서 용숙 씨는 자신이 가정에서조차 주변인으로 살아가고 있는 것이 아닌가 하는 의문이 들었다.

"6년 전에 잘나가던 그 친구 남편 사업이 망했어요. 집도 날리고, 당장 먹고 살 생활비도 없을 정도였어요. 방 두 칸짜리 월세 집으로 이사한 후, 친구는 단지 생활비를 벌기 위해서 산후조리원 도우미로 취직했어요. 솔직히 그때는 친구가 너무 불쌍해서 위로의 말도 제대로 건네지 못했는데, 얼마 전에 보니 그 친구는 자기가 돈을 벌고 있다는 사실에 매우 만족하고 있더라고요. 도우미 일이 솔직히 육체노동이잖아요. 그런데도 친구의 표정이나 말투는 예전보다 훨씬 생기 있어 보였어요. 지금은 남편도 다시 일을 시작했지만 일을 그만둘 생각은 전혀 없대요. 나이 들어서 일할 수 없게 되었을 때, 자신에게 투자할 수 있는 경제적 기반을 만드는 게 지금의 목표라고 하더군요. 17년 전 똑같이 가정을 꾸렸는데, 친구는 자기만을 위

아 내 가   내 일 을   잡 았 다

한 목표를 갖고 있고 나는 없다는 사실이 정말 부끄러웠고, 솔직히 충격이었어요."

한 가정의 엄마이자 아내라는 수식어에 익숙한 그녀들도 한때는 뜨거운 열정과 커다란 꿈을 품고 내일을 향해 매진하던 젊은 날이 있었다. 시간이 흐른 지금 그때의 열정과 꿈은 단지 가정을 위해 잠시 가슴속에 묻어 두었을 뿐 어디로 사라진 것은 아니다. 그렇기에 그때의 열정을 다시 불러일으켜 살아가는 사람을 보면, 자신 역시 별 변화 없는 지금의 삶에서 벗어나 멋지게 살고 싶다는 희망을 품게 된다. 그리고 그러한 마음이야말로 새로운 삶을 향한 소중한 첫걸음이 된다.

물론 이렇게 살아가는 방법에 반드시 '돈을 버는 것'만 있는 것은 아니다. 하지만 경제력 없이 당당하게 삶을 살아가는 것이 얼마나 어려운지는 당신도 잘 알고 있지 않은가. 더군다나 내가 번 돈이 통장에 차곡차곡 쌓여 가는 희열을 느껴 본 여성이라면, 돈을 버는 일, 즉 직업의 중요성에 대해서도 잘 알 것이다.

설사 지금 당장 경제적 어려움이 없다고 하더라도, 어느 날 갑자기 "여보, 나 실직했어."라는 남편의 고백을 들을 수도 있다. 아이 학원비를 내면서 '내 노후 준비는 언제 하나.' 걱정하고, 평균 수명이 길어진다는 뉴스가 반갑지만은 않은 것이 바로 현실이다.

그렇지만 이런 순간에도 나만의 길을 찾아가고 있다면, 주위의 온갖 고난에도 굴하지 않고 나답게 살아갈 수 있지 않을까? 바로 이러한 매력이 아내들이 화려한 외출을 꿈꾸는 이유일 것이다.

# 다시 직업을 갖기 위한
# 세 가지 과제

여성인력개발센터(www.vocation.or.kr) 상담실에서 만난 전현주 씨(35세)의 수첩에는 바리스타 과정, 샌드위치 만들기 과정, 한식 조리사 과정 등 교육 프로그램에 대한 정보가 빽빽이 메모되어 있다. 그나마 익숙하고 살림 경력까지 살릴 수 있는 분야를 나름대로 선정해 교육비, 강의 시간, 교육 기간 그리고 취업 추천 여부 등을 조사하여 적어 놓은 것이다. 그러나 현주 씨는 어떤 교육을 받을 것인지 아직 결정하지 못했다. "바로 이거야!"라고 확신이 드는 직업도 없었고, 무엇보다 교육 수료 후 취업이 보장되지 않아 더욱 망설여졌다.

"취업이요? 하고 싶죠. 하지만 딱히 내가 무엇을 할 수 있을지 모르겠어요. 뻔한 남편 월급으로 이것저것 배우러 다니기도 쉽지 않고, 또 뭘 배워야 할지도 사실 막막해요. 집안일도 병행할 수 있고, 이왕이면 바로 취업할 수 있는 걸 배웠으면 하는데 찾기가 쉽지 않네요."

그녀처럼 취업의 꿈을 품고 직업훈련기관에서 교육을 받아 온 김현정 씨(36세) 역시 몇 차례 실패를 경험한 뒤, 현재는 취직을 포기한 상태다.

"천연 염색을 배워서 마트에 취직한다고 자아실현이 되겠어요? 대학까지 나왔는데 배운 것도 활용하고, 전문적이며 월급도 보장되는 직업 교육은 아예 없더라고요. 차라리 집에서 애나 키우는 게 돈 버는 거라는 말이 맞는 것 같아요."

'나도 직업을 갖고 싶다.'는 생각이 들면 사람들은 먼저 '내가 어떤 일을 할 수 있을까.'를 떠올린다.

그리고 여기저기서 귀동냥으로 정보를 수집하고 이런저런 고민 끝에 '그럼 그렇지, 내가 무슨 일을 할 수 있겠어.'라며 쉽게 포기하고 만다.

아 내 가 내 일 을 잡 았 다

'내가 어떤 일을 할 수 있을까?'

　이 단순한 질문은 낯설고 살벌한 사회에 나가기 전에 반드시 생각하고 정리해 두어야 할 세 가지 과제를 제시한다. 그리고 이에 대한 답은 나 스스로 찾아내야만 한다.

　첫째는 '내가 하고 싶은 일'이 무엇인지 인식해야 한다. 하고 싶은 게 무엇인지도 모르면서 일을 시작할 수는 없다. 둘째, '내가 할 수 있는 일'이 무엇인가에 대해 답할 수 있어야 한다. 자신의 능력과 처한 상황에 대해 정확하게 아는 것이 바로 취업으로 가는 첫 번째 관문이기 때문이다. 그리고 셋째, '내가 일을 해야만 하는 이유'에 대해 반드시 스스로에게 자문해 보아야 한다. 하고 싶고 할 수 있는 일에 대해 인지하고 있어도, 굳이 그것을 해야 할 뚜렷한 이유가 없다면, 취업은 그저 '희망'일 뿐 결코 현실이 될 수 없다. 일에 대한 '간절함' 없이 취업하기란 사막 한가운데서 바늘 찾기만큼이나 어려운 일이다.

　'직업을 갖고 싶다.'는 간절함을 나는 '불씨'에 비유하고 싶다. 기름 없는 차는 달리기는커녕 시동도 켤 수 없는 것처럼 '불씨'는 바로 새로운 출발을 위한 최소한의 에너지다. 생계를 유지해야 한다는 절박함도 '일'을 시작하기 위한 '불씨'가 된다. 20대 때 '현실적 이유'를 핑계로 구체화하지 못했던 계획도 10여 년이 지난 지금 '불씨'가 될 수 있다. 또 결혼 후 살림을 병행하며 조심스럽게 가진 '꿈'이 당신의 '불씨'가 될 수도 있다. 아니면 부부 싸움 후에 생긴 '내가 이 남자와 평생 살 수 있을까.'라는 불안감도 직업을 가져야 하는 '불씨'가 될 수 있다.

　일단 찾아낸 불씨는 적절한 환경만 조성되면 언제든지 뜨겁게 활활 타올라 쉽게 꺼지지 않을 것이다. 하지만 그 환경을 만들어 내는 것은 결코 쉽지 않다. 다시는 되살릴 수 없을 것 같은 불씨를 포기하지 않고 살려 내려는 '의지', 불씨가 활활 타오를 수 있을 때까지 목이 아파도 끝까지 바람을 불어넣는 '인내', 작은 불꽃에 만족하지 않고 더 큰 불길로 키워 내겠다는 '욕심'이 있어야지만 가능하다.


　일단 꿈을 품었다면 간절하게 원하라. 그 간절함이야말로 현실 속의 장애를 넘어 당신의 꿈을 지켜 나가는 힘이 되어 줄 것이다. 이것이야말로 다시 사회로 나가 안착할 때까지 그리고 이후 한 단계 더 도약하기 위한 도전을 할 때까지 결코 잊지 말아야 할 사실이다.

　물론 간절함만으로는 감당해야 할 것이 너무 많으며 벅차다고 느낄 수도 있다. 하지만 간절하게 원하는 사이, 당신이 그러한 난관들에 부딪힐 때마다 도움의 손길이 뻗어 오고 해결책이 하나둘 생겨나는 것을 경험하게 될 것이다.

# 설사
# 무모해 보일지라도
# 도전하라

나이와 주변의 시선을 의식하고 주춤하는 순간,
당신의 삶은 거기서 멈추게 된다.
이는 안정적이고 편안한 기분을
당신에게 선사할지도 모르지만,
정말로 그 삶이 당신만의 삶이라고 당당히 외칠 수 있는가?
꿈꾸고 도전하는 데 나이는 상관없다.
새로운 내일을 향한 열정만 있다면 말이다.

# 하고자 하는 의지만 있다면,
# 그때가 바로 최적의 시기다

   직장을 다녀 본 적도 없거나 오래전 회사 생활이 경험의 전부인 전업맘들이 다시 일을 시작한다는 것은 결코 쉬운 일이 아니다. 단지 기회가 없기 때문만은 아니다. 새로운 환경에 도전하는 것 자체가 '두려움'으로 다가오기 때문이다. 어느덧 마흔을 바라보게 된 나이를 생각하면, 취업은 아득한 희망일 뿐이며 창업을 시도하기도 역시 쉽지 않다.

   그럼에도 불구하고 가족, 집이라는 틀에서 벗어나, 사회 속에서 자신의 능력을 발휘하며 나이 들어 간다는 것은 아주 적극적인 삶의 방법임에 틀림없다. 따라서 일단 그러한 삶에 진입하기 위한 노력은 그것만으로도 충분히 가치 있는

**일이다.**

솔직히 지금 현재 당신이 선택할 수 있는 일자리는 그리 많지 않다. 하지만 나이와 주변의 시선을 의식하고 주춤하는 순간, 도전할 수 있는 일의 숫자는 급격히 줄어들게 된다. 나이, 경력보다 더 중요한 것은 바로 하고자 하는 '의지'며, 이는 지금도 심심치 않게 들려오는 아내들의 성공 스토리가 증명해 주고 있다.

비록 시작은 늦었지만, 철저한 계획과 반드시 이루어 내겠다는 집념으로 파고든다면 성공이란 더 이상 남의 얘기가 아니다.

## 40살에 늦둥이 회계사가 된 여자

국내 굴지의 회계법인에서 최초 여성 임원이 된 박지연 이사. 남들은 평균 13~14년 걸린다는 임원 진급을 10년 만에 거머쥐면서 언론의 관심을 받았던 대표적인 커리어우먼이다. 하지만 여기에 잘 알려지지 않은 사실 하나가 더 보태지면 세간의 호기심은 더욱 집중된다. 그것은 바로 그녀가 전업주부 출신으로, 마흔이라는 늦은 나이에 회계사 시험에 도전해 성공했다는 점이다.

대학을 졸업한 후 직장을 다녀 본 적도 없이 그녀는 그야말로 현

아 내 가  내 일 을  잡 았 다

모양처로서 15년을 보냈다. 남편을 따라 가족 모두가 잠시 미국에 가 있던 시절, 그녀는 마흔을 앞두고 있었다. 그곳에서 아이들에게 쏟는 시간이 줄어든 틈을 타서 자신의 인생 계획을 새롭게 짜기 시작했다. 그녀는 USCPA<sup>미국공인회계사</sup>에 도전했고, 합격 후에 국내 회계법인에 입사했다.

나이 40에 그것도 미국 공인회계사 시험에 도전하여 성공하였기에, 사람들은 그녀에게 무언가 특별한 성공 비법이 있냐고 물어보곤 한다. 그러면 그녀는 '도전하고 싶은 일이 생겼고, 마침 시간이 있었기 때문'이라며 별일 아니라는 듯이 가볍게 말한다. 남들이 한창 일할 때 자신은 아이들 키우느라 바빴으니, 상대적으로 여유가 생겼을 때 목표를 세우고 준비했을 뿐이라는 얘기다.


"결혼을 하게 되면 여성들은 임신과 육아라는 책임이 뒤따르게 되죠. 이 과정에서 많은 여성들이 직장을 떠나기도 하고, 경쟁에서 밀려나게 돼요. 노동 생산성이 떨어지니 어쩔 수 없는 일이죠. 당장 눈앞의 현실만 보면 여성들은 사회에서 성공하기 어려운 게 사실이에요. 그래서 저는 여성들이 '시간'에 대해 좀 다른 개념을 가졌으면 해요. 장기적으로 한 20년을 내다보고 일을 하라는 거죠. 남들보다 늦는 것에 대해 조급해하면 그만큼 포기할 확률도 높아져요. 늦었다고 기회가 없는 것은 절대로 아닙니다."

# 화려한 꽃처럼 피어난 38살 아줌마 CEO

조금 더 어려운 처지에서 성공을 일궈 낸 여성도 있다. 연매출 300억 원에 이르는 조경회사 대표로 언론을 통해서도 여러 차례 소개된 한선영 씨(48세)다. 그녀는 고등학교 졸업 후 23살에 결혼하여 가사에만 전념한 전업주부였다. 그러다 남편의 사업 실패로 38살이라는 나이에 작은 꽃집을 시작하였다. 전업주부 경력이 다인 그녀는 이후 오로지 '의지' 하나로 어렵고 힘든 과정을 이겨 냈다.

> "낮에는 꽃꽂이를 하고 저녁에는 지하철역에서 홍보 전단을 돌렸어요. 그리고 밤이 깊으면 고급 술집 등 생화를 필요로 할 만한 곳을 찾아다니며 영업을 했지요. 마흔을 바라보는 나이에 처음으로 일이란 걸 시작했으니 도와줄 만한 사람이 있을 리 없었죠. 하지만 사회에 나온 이상 절대로 중도에 포기하고 싶지 않더라고요."

종업원을 고용할 돈이 없어 꽃꽂이와 배달, 영업까지 모두 혼자 해낼 수밖에 없었지만, 조금씩 단골이 늘어나면서 일하는 재미도 커져 갔다. 게다가 이왕이면 더 잘해 보자는 욕심에 독학으로 조경 공부도 해냈다. 그러한 노력 덕분인지 그녀는 조경 분야에서 사업가로 성공할 수 있었다. 그러나 이 성공에 만족하지 않고 건축·인

아 내 가   내 일 을   잡 았 다

테리어 잡지사 대표 이사로 변신을 거듭하며 자신의 커리어를 설계해 나가고 있다. 그런 그녀가 지금부터 일을 시작하려는 여성들에게 전하는 메시지는 아주 특별하지도 거창하지도 않다. '의지'와 '열정'을 포기하지 말라. 그리고 자신이 좋아하는 일을 하라. 바로 이 두 가지다. 많이 들어 본 듯한 평범한 얘기지만, 바로 평범하기에 누구나 실천할 수 있다.

"늦게 시작하는 사람일수록 더 조급해하는 것 같아요. 기회란 모든 사람에게 똑같이 찾아오지 않습니다. 누군가에겐 빨리, 누군가에겐 늦게 오기도 하죠. 중요한 것은 기다리는 과정에 있습니다. 쉽게 포기하지 않고, 꾸준히 준비하다 보면 기회는 반드시 옵니다."

## 50살, 은퇴가 아닌 도전의 시기

그런가 하면 은퇴를 생각할 나이에 취업에 도전해 신나게 일하는 여성도 있다. 50살을 넘긴 나이에 '일'을 찾아 사회로 복귀한 이신자 씨(55세)가 바로 그 주인공이다. 그녀의 얘기를 듣다 보면, 30대 중반 혹은 40대의 취업도 충분히 여유로우며 많은 가능성을 꿈꿀 수 있다는 사실을 다시 한 번 확인하게 된다.

이신자 씨는 50살이 되던 해에 지자체에서 지원하는 취업훈련센터에서 자연 생태 해설가 과정을 수료하고 자연 생태 해설가 및 체험 학습 지도사라는 새로운 직업을 갖게 되었다. 처음에는 센터의 소개로 간간히 일을 하는 수준이었지만, 현재는 공공 기관, 학교, 학원 등에 강의를 나가고 있다.

"한 달 중 보름 정도 일하기 때문에 많은 돈을 벌지는 못해요. 하지만 늦은 나이에 시작해 오로지 내 힘으로 전문가가 되어 간다고 생각하면 정말 뿌듯해요. 처음 도전할 때부터 할 수 있다고 생각했고, 포기하지 않겠다고 다짐했죠. 비록 남들이 말하는 성공은 아닐지 몰라도 스스로 1단계 성공은 이뤘다고 자부해요. 하루 한 시간 일할 때나, 종일 일할 때나 항상 지키는 원칙이 있어요. 일을 하는 동안은 주부라는 사실을 잊어버리는 거죠. 완전히 몰두하지 않으면 일을 찾기도, 지키기도 어렵다는 것을 아니까요."

아 내 가  내 일 을  잡 았 다

# 가능성,
# 믿는 만큼 현실이 된다

지금은 비록 전업주부지만, 기회만 생긴다면 사회로 나가 나만의 삶을 만들어 보리라는 꿈을 갖고 있을 것이다. 이를 위해 무엇보다 중요한 것은 자기 안의 가능성을 믿고 끊임없이 자신을 지지하는 노력이다. 물론 지금 당장 눈앞에 널찍하고 탄탄한 길이 보이는 것도 아니니, 쉬운 일은 아닐 것이다. 하지만 자기 자신을 믿지 못한 채 무작정 도전이라는 롤러코스터에 승차한 사람은 그 목표의 크기와 상관없이 레일 위에서 심하게 멀미만 하다 중도 하차하고 만다.

이는 수많은 명사들의 성공 스토리에서 빠짐없이 등장하는 '불변의 법칙'이기도 하다. 그들의 이야기는 많은 여성들, 특히 가슴속에 풀어내지 못한 열정을 품고 있는 아내들에게 '희망'을 선사한다. 주부 토크 프로그램의 단골 출연자인 최윤희 씨는 38살에 카피라이터가 됐고, 소설가 박완서 씨는 40살에 등단해 한국 문학계의 대모가 됐으며, 베스트셀러 작가이자 전문 강사로 활동하는 서진규 씨는 59살에 미국 하버드대학 박사 학위를 취득했다.

## 한 번도 포기하지 않았다면<br>반드시 이루어진다 '서진규'

가난한 엿장수의 딸, 가발 공장 여공, 가정 폭력 피해자에서 하버드대학의 박사로 자신의 인생을 180도 전환시킨 서진규 씨(61세). 몇 년 전 『나는 희망의 증거이고 싶다』라는 저서를 출간해 널리 알려진 여성이다. 서진규 씨의 인생은 그녀의 책 제목대로 '꿈'을 현실로 만들 수 있다는 강력한 '희망의 증거'다. 누구도 선뜻 이룰 수 있으리라 생각지 못했던 '꿈'을 꾸고 있던 당시 그녀가 처했던 현실은, 적어도 지금의 당신보다 힘들고 막막했을 것이다. 그렇기 때문에 그녀의 성공 스토리는 바로 당신에게도 일어날 수 있는 일임을 실질적으로 증명하고 있다.

22살, 그녀는 가난에 찌든 환경에서 벗어나 돈도 벌고, 못 다한 공부의 꿈도 이루고자 미국에 취업 이민을 떠났다. 그리고 그곳에서 만난 한국 남자와 결혼했지만, 남편은 그녀에게 폭력을 휘둘렀다. 그녀는 어쩔 수 없이 남편을 피해 막 돌이 지난 딸을 데리고 미 육군에 자원입대를 했다. 어린아이를 데리고 잦은 해외 근무를 감당해 내기만도 벅찼다. 하지만 그녀는 처음 미국 땅을 밟았던 이유이자 자신의 꿈이었던 '공부'라는 목표를 한순간도 포기하지 않았다. 그리하여 군 복무 중 무려 5개의 대학을 옮겨 다닌 끝에 메릴랜드대학 경영학과를 졸업할 수 있었다. 그리고 43살이 되던 해, 하버드대학 석사 과정에 입학하여 16년 만에 박사 학위를 받는 쾌거를 이루어 냈다.

"초라하고 보잘것없던 가발 공장 직공이 하버드대 박사가 되는 것, 모두가 불가능하다고 단정했지만 이뤄 냈잖아요. 꿈은 믿음을 가지고 최선을 다하는 자에게는 반드시 이루어진다는 것을 나는 확신합니다."

서진규 씨는 현재 한국과 미국을 오가며 동기 부여 강사Motivational Speaker로 왕성하게 활동하고 있다. 비록 남들보다 몇 배의 시간이 걸려 예순을 코앞에 두고 이룬 꿈이지만, 그녀는 결코 늦었다 생각하지 않고, 현재의 인생을 즐기고 있다.


## 희망, 바라보면 내 것이 된다 '최윤희'

예순이 넘은 나이에 아랑곳하지 않고 행복 전도사이자 방송인으로 왕성한 활동을 하고 있는 최윤희 씨(62세)의 사회 첫걸음은 38살에 시작됐다. 남편의 사업 실패로 전 재산인 10평 아파트마저 날려 버리자, 그녀는 남편의 월급봉투만 바라보며 살아온 15년의 생활을 마감해야 했다. 이혼과 자살을 생각할 만큼 절박한 상황에서 그녀는 그 두 가지 대신 '새 출발'이란 선택지를 선택했고, 도전을 감행했다.

당시 그녀는 현대그룹 주부 경력사원 공고에 이력서 한 장을 넣기 위해 아는 사람을 동원해 가짜 경력 증명서까지 만들어야 할 만큼 절박한 심정이었다. 그리고 그녀만의 톡톡 튀는 자기 소개서 덕분에 금강기획 카피라이터로 입사할 수 있었다. 이후 실력 있는 카피라이터로 인정받기까지 그녀에게 직장 생활은 쉽지만은 않았다.

아줌마라면 일단 색안경부터 끼고 보는 당시 사회에서 '깡' 하나로 버텨 냈다. 해낼 수 있다는 자신감을 잃지 않으려 노력했고, 자기

아 내 가  내 일 을  잡 았 다

자신에게 칭찬을 아끼지 않았다. 결국 그녀는 당시만 해도 여성에게 폐쇄적이었던 대기업에서 부국장 자리까지 오르며 '성공'의 발판을 마련할 수 있었다.

> "내 인생이 180도 역전한 것은 순전히 절망의 끝까지 갔던 덕분이에요. 인생의 어떤 어려움, 어떤 절망도 180도 뒤집어 버릴 수 있어요. 절망과 희망은 일란성 쌍둥이죠. 우리가 어느 쪽을 보느냐에 따라 인생은 희망이 되기도 하고 절망이 되기도 하거든요."

"행복해지라."고 말하는 최윤희 씨의 이야기에 많은 여성들이 귀를 기울이는 이유는, 재미있는 그녀의 말솜씨 때문이 아니다. 그것은 그녀가 경험하고 만들어 낸 '성공'의 저력이 '희망에 대한 믿음'이기 때문이다. 이것은 누구나 마음먹기에 따라 내 것이 될 수 있는 것이기에, 나이가 들수록 더 바쁘고 행복한 그녀의 삶이 어쩌면 내 삶이 될 수도 있다는 '꿈'을 갖게 해준다.

# 불혹이란 세월이 그녀의
# 글을 완성하다 '박완서'

한국의 대표적 소설가 박완서 씨(78세). 그녀는 불혹의 나이가 될 때까지 살림에 묻혀 지냈다. 아이들이 어느 정도 자라자 그동안 먹고살기에 바빠 묻어 두었던 평생소원인 소설을 쓰기 시작, 난생 처음으로 원고지 1,000장 분량의 소설을 썼다. 《여성 동아》 장편 소설 공모전에 당선된 『나목』으로, 미 8군 PX에서 아르바이트하던 시절 만난 고 박수근 화백을 모티브로 한 소설이다. 이를 통해 비로소 '소설가'가 된 박완서 씨의 스토리는 그때나 지금이나 감동을 주기에 충분하다.

신인 등단은 20대가 대부분이었던 70년대, 40대 가정주부에겐 도전 그 자체만으로도 엄청난 용기가 필요했다. 그 시대에 박완서 씨는 자신만의 얘기를 쓰고 싶다는 '열정' 하나로 소설을 선택했다. 그리고 마냥 젊은 나이가 아니었기에 가능했던, 세월이 묻어나는 삶에 대한 애착 그리고 일상에 대한 안정된 감각은 젊은 작가들의 그것과 다를 수밖에 없었다.

그녀가 자신의 가능성을 믿고 스스로를 격려해 가며 소설가에 도전하고 그 삶을 이어 오지 않았다면, 우리는 '한국 문학의 한 획을

아 내 가  내 일 을  잡 았 다

그은 소설가 박완서'를 만나지 못했을 것이다.

이들은 모두 하나같이 지금의 당신보다 열악한 악조건의 상황에서 오로지 자신에 대한 믿음과 꿈을 향한 열정만으로 지금과 같은 성공을 이루어 냈다. 하물며 이들보다 젊고 더 좋은 조건을 가지고 있는데, 당신이라고 못할 것이 뭐가 있겠는가. 혹시 자신 안에도 이들처럼 온갖 난관들을 넘어 성공이라는 열매를 거머쥘 가능성이 존재하는지 의심하고 있다면, 믿어라. 믿는 만큼 현실이 된다.

# 나이,
# 절대 공짜로 먹지 않는다

　자신의 꿈을 펼쳐 보이겠다는, 능력을 마음껏 발휘해 보이겠다는 생각에 힘차게 시작한 직장 생활. 하지만 하루에도 열두 번씩 무너지는 것은 자존심이요, 잘난 것 하나 없는 상사에게 애교는 기본인 곳이 바로 '직장'이다.

　함께 일하는 팀 동료와 상사는 물론이고, 거래처 담당자 그리고 해당 부서장들과 '잘' 지내기란 생각만큼 쉽지 않다. 업무에 대한 평가가 걸려 있는데다 그만큼의 시간을 투자해야 하니, 이기심이 충돌하게 된다. 게다가 사람 사이의 일인지라 여러 감정들이 얽히기 마련이다. 상황이 이러하니 가뜩이나 주눅 들어 있는 재취업 전업주부들이 직장에서 안정적으로 적응하기까지 상당한 시간이 필요한 것은 당연하다.

사회로 복귀하는 일이 이렇게 어려움에도 불구하고, 사실 나이 많은 사회 신입들에게 생각지 못한 '장점'들이 있으니, 지레 기가 죽어 뒤로 물러날 필요는 없다. 순전히 동료보다 나이가 많기 때문에 부드러운 관계를 조성하기 쉬운 것도 장점이며, 살아온 경험 덕에 조금 더 현명하게 행동할 수 있는 것도 장점이다. 이런 사실을 빨리 깨닫고 활용한다면 사회생활에 적응하는 것이 오로지 힘든 일만은 아니라는 것을 알게 된다. 나이는 절대 공짜로 먹는 것이 아니라는 어르신들의 말씀은 정말 틀림이 없다.

무엇보다 나이 어린 동료들에게 직장 경험만으로는 절대 알 수 없는 인생에 대한 조언을 건네 줌으로써 '좋은 인생 선배'로 다가갈 수 있다.

결혼 문제로 골치 아파하는 동료에게 살짝 자신의 경험을 들려주는 것만으로도 마음의 거리는 훌쩍 좁아진다. 그런가 하면 워킹맘끼리 철없는 남편과 육아 문제에 대한 고민과 정보를 나누며 업무 얘기만으로는 절대 쌓을 수 없는 '연대 의식'도 공유할 수 있다. 업무에서 어려운 일에 봉착했을 때 이러한 '감정적 교류'가 도움의 손길로 다가오는 법이다.

나이가 많아서 질투의 대상에서 벗어날 수 있다는 점 역시 나이 많은 신입의 장점이라고 할 수 있다. 또래 여직원이라면 '쟤 잘 보이려고 별짓 다한다.'라며 눈총 받을 일도 '나이도 많은데 권위적이지 않고 겸손하다.'는 평가로 바뀔 수 있다. 단지 나이가 많다는 이유로 적보다 친구를 만들기가 훨씬 쉬워지는 것이다.

그런가 하면 '싸움'을 피해 갈 수 있는 여유 또한 나이 많음의 장점이 된다. 상사나 회사의 부당한 요구에 '내가 왜 이런 일까지 해야 해? 뭐 이런 경우가 다 있어?'라며 다들 분노를 터뜨릴 때, 당신은 회사의 입장을 한 번 더 생각해 보는 여유를 스스로 발견할 수 있을 것이다. 때때로 권위적인 태도로 돌변하는 상사에게는 남편과 부부 싸움을 하며 쌓인 노하우를 발휘해 어색한 관계를 풀어 볼 수도 있다.

또 "이렇게 쉬운 일을 자꾸 물어보면 어떡해요."라고 면박을 주거나 "나이보다 얼마나 오래 근무했느냐가 더 중요한 거죠. 나이가 많다고 선배는 아니잖아요?"라며 싹수 없는 태도로 투덜거리는 어린 동료에게는 시어머니를 내 편으로 만들었던 애교 전술을 써먹을 수도 있다.

자존심이 상해 바로 따지고 대립하기보다 시간을 두고 자연스럽게 갈등을 해결하는 기술이야말로 조직 생활에서 가장 필요로 하는 현명함이다.

하지만 세상에 공짜는 없는 법이니, 아무리 장점이라고 해도 자연스럽게 발휘할 수 있을 때까지는 그만큼의 시간과 공을 들여야 한다. 그리고 이 과정에서 적지 않은 눈물과 한숨을 대가로 지불하게 될 것이다.

대기업 대졸 초임에 훨씬 못 미치는 월급과 만족도 낮은 직무는 재취업 신입 여성들의 자존감을 다치게 하는 주된 원인이라 할 수 있다. 여기에 비정규직이라는 근로 조건까지 보태지면 남편들이 입에 달고 사는 '더럽고 치사한 직장 생활', 그것도 피라미드 맨 아래에 놓이게 되니 오히려 눈물이 안 나오면 이상한 일이다.

하지만 힘들다고 다시 품게 된 꿈을 버리겠는가?

직장 생활을 시작하면 업무 스킬뿐 아니라, 감정 훈련 역시 중요하다. 흐트러진 마음을 다잡아야 한다. 당신이 앞으로 흘리게 될 눈물은 그 훈련 과정에 지나지 않으니 속상해하거나 미리부터 두려워할 필요는 없다. 또래 팀장 혹은 나이 어린 선배의 지시로 복사물에 스테이플러를 찍으면서 재취업은 역시 무모한 도전이었다고 생각할 필요는 더더욱 없다. 시간은 생각보다 훨씬 빠르게 흐르며, 5년 정도 경력을 쌓고 나면 당신 역시 그들의 위치에서 능력을 발휘하고 있을 것이기 때문이다.

출발이 늦었다면 그만큼 더 열심히 보다 오래 일하면 된다. 복사

물에 스테이플러를 찍는 잡무 속에서도 배울 것은 있는 법이다. 필요한 것은 인내다.

# 어설픈 자존심보다
# 겸손함이 무기다

그렇게 염원하던 사회 복귀인데, 잘해 낼 수 있을까 하는 두려움을 채 극복하기도 전에 어린 선배들과 낯선 업무 환경은 좌절감을 느끼게 한다. 몇 년간 직장을 떠나 있었기에 어느 정도 예상한 일이지만 생각보다 현실은 더욱 어렵다.

"월급 120만 원을 받고 다시 취업한 이유는 회사라는 조직 안에서 다양한 사람들과 교류하고 싶어서였어요. 보다 치열하게 살면서 나만의 삶을 만들고 싶었죠. 그래서 5살이나 어린 동료들보다 월급이 적다는 사실을 받아들일 수 있었던 것 같아요."

4년 전 35살의 나이로 재취업에 도전한 김유나 씨(39세). 현재 비교적 탄탄한 전문지 기자로 일하고 있는 유나 씨는 감각 있는 기획력과 깔끔한 기사로 실력을 인정받고 있다. 일을 통해 만나게 된 새로운 사람들은 유나 씨가 이 일을 시작한 지 4년밖에 되지 않았다는 사실을 전혀 눈치 채지 못하고 있다. 또한 같은 분야에서 경력이 더 많은 후배들도 그녀를 선배로서 깍듯이 대한다. 사회 재진입뿐만 아니라 안정적으로 제자리 찾기에 성공한 유나 씨의 경험담에서 몇 가지 성공 비법을 배울 수 있다.

　결혼하기 전까지 직장 생활을 했던 유나 씨는 사실 당시 그다지 인정받고 주목받는 인재는 아니었다. 똑똑하고 일 잘한다는 평가는 받았지만, 조직 생활에 잘 적응하지 못한 탓에 직장 생활을 하는 동안 무려 세 번이나 직장을 옮겼고, 그때마다 짧게는 한두 달, 길게는 6개월씩 백수 생활을 했다. 결국 그럴듯한 경력도 없이 사회생활을 마무리한 유나 씨는 결혼 이후 5년 동안 동네에서 초등학생과 중학생을 대상으로 글짓기를 가르치며 보냈다. 그랬던 유나 씨가 다시 직장 생활을 하겠다며 꽤 많은 어린 고객들을 서둘러 정리하고 마주친 현실은 이력서 낼 곳조차 마땅치 않다는 것이었다.

　불안감과 좌절 그리고 기대감이 아침저녁으로 엇갈리기를 6개월. 마침 기자 친구의 소개로, 인터넷 사이트와 신문에 기사를 연재하는 자리를 얻을 수 있었다. 7개월 동안만 일하는 조건이었지만 일단 '진입했다.'는 사실에 만족했고, 시작치고 나쁘지 않다는 주위의 격려에 용기도 생겼다. 하지만 다시 시작한 조직 생활은 그녀가 경험했던 20대 때보다 결코 쉽지 않았다.

낯선 업무와 지난 세월 부쩍 변해 버린 조직 문화만으로도 얼떨떨한데, 그녀와 나이가 같은 팀장 그리고 많게는 10년 적게는 5년 이상 어린 친구들이 모두 선배이자 동료였던 것이다. 호칭부터 어색했던 출근 첫날, 유나 씨는 '절대로 나이만 많은 사람으로 취급받지 말자.'고 자신과 굳게 약속했다. 그럼에도 불구하고 생각보다 자주 남몰래 눈물을 닦아 내야 했다. 그럴 때마다 '나는 바보가 아니야. 늦게 시작했으니 이 정도 어려움은 이겨 내야 해, 좀 더 겸손해지자.'라며 스스로를 달래야 했다.

"문서 작성은 물론이고, 요즘 애들은 술술 꿰고 있는 웹 지식 등 모르는 것투성이더라고요. 몇 번 물어보지도 않은 것 같은데, 한참 어린 동료들이 대놓고 짜증을 내니 정말 쥐구멍이라도 있으면 들어가고 싶었어요. 수시로 동료들의 기분 상태를 살피고 애교도 부리면서 가끔은 이렇게까지 하면서 일해야 할까 회의도 들었어요. 그 당시엔 '일단 버티자.'며 그저 이를 악물었지만, 지금 생각해 보면 그렇게까지 하면서 버틸 이유가 분명히 있었더라고요. 바로 그 시간들 때문에 조직에서 내 편을 만드는 방법을 알게 되었으니까요."

부끄럽고 민망한 상황이 가끔 발생했지만, 그녀는 모르는 것은 솔직하게 모른다고 인정하고, 업무에 대해서는 어린 선배들을 확실하게 존중해 주었다. 막내로서 해야 할 일이라고 생각되면 알아서 움직였다. 늦게 시작했으니 남보다 모르는 게 당연하지만, 열심히 배우고 적응하려는 노력만큼은 자신의 몫이라는 생각 때문이었다.

결국 3개월이 채 지나지 않아서 동료들은 점차 인생 선배로서 그녀에게 마음을 열기 시작했다. 일단 관계가 형성되자 업무 노하우와 비공식 루트를 통해 흘러 다니는 정보는 물론이고 동종 업계의 정보도 거리낌 없이 나눠 주기 시작했다.

"20대 때는 직장 생활이 제게 안 맞는다고 생각했어요. 그런데 막상 지금 나이가 되어 시작해 보니 오히려 적응도 빨리하고 일도 재미있어요. 이유가 뭘까 생각해 보면 아마도 20대 때의 어설픈 자존심 따위는 버리고 겸손한 자세로 배우려 했기 때문인 것 같아요. 일을 제대로 시작하기 위해서 필요한 것은 나이가 아니라 '자세'라는 것을 확실하게 깨달았죠."

약속한 7개월이 지난 후에도 2개월 정도 추가 연장하여 일한 유나 씨는 매주 홍보 기사를 써 보내던 전문지에 정식으로 취직할 수 있었다. 그 후로 지금까지 일에 전념해 온 덕분에 짧은 기간 동안 나이 어린 동료들보다 빨리 배우고 성장할 수 있었다.

높이 날아오를 때까지 몸을 잠시 낮추는 것을 부끄러워하지 말자. 웅크리고 있는 동안엔 땅만 보이고, 하늘은 너무 높아 보여서 잠시 '희망이고 뭐고 접어 버리고 싶은 마음'이 들 수도 있다. 그러나 잠시 숨을 고르고 생각해 보자. 도약하기 위해 지금 웅크리고 있기까지 투자한 당신의 시간, 무엇보다 '나를·한번 펼쳐 보고 싶다.'는 당신의 꿈을 포기할 만큼 힘든 일은 없다는 사실을 깨닫게 될 것이다.

# 취업 현실,
# 알아야 할
# 불편한 진실들

달콤, 살벌한 곳이 바로 사회란 곳이다.
무방비하게 발을 딛었다간,
이리 긁히고 저리 부딪히며 헤매다
영광의 상처만 잔뜩 떠안은 채
그칠 수 있음을 각오해야 한다.
뚜렷한 목표 의식을 갖고
당신에게 닥쳐올 고난들을 즐길 수 있다면,
이제 막 시작한 당신의 도전이 더욱 의미를 가질 것이다.

# 기대에 못 미치는 일자리라도 달게 받아들여라

"친구가 거래처에서 사람을 뽑으니까 면접이나 한번 보라고 소개해 줬는데, 디자이너가 겨우 두 명밖에 안 되는 작은 회사더라고요. 월급도 150만 원인데, 그것도 연봉제라 보너스가 포함된 금액이라는 거예요. 3개월 후 일하는 게 마음에 들면 올려 준다고는 하는 데……. 언니, 내가 3년 전에도 그보다 훨씬 많이 받았거든요?"

얼마 전 후배가 다시 직장 생활을 하고 싶다며 너무나도 '간절하게' 상담을 해왔다. 그리고 얼마 지나 드디어 면접을 보게 되었다는 얘기에 "잘해 보라."며 진심으로 기뻐해 주었다. 당장 취직을 보장받은 것은 아니었지만 일단 면접의 기회가 있다는 것은 재취업의 가능성을 보여 주는 청신호라고 생각했기 때문이다. 그런데 면접을

본 후, 후배는 흥분과 좌절의 감정이 뒤섞인 목소리로 다시 전화를
해 이번에는 '억울함과 분노'를 토로해 왔다.

우리나라에서 이름만 대면 알아주는 미술 대학을 졸업한 후배 선
아(35세)는 결혼 전 1년 6개월간 작지만 비교적 탄탄한 광고기획사
에서 근무한 경력이 있다. 직업 특성상 야근과 잡무가 많은 탓에 늘
불만이 많았던 그녀는 결혼과 동시에 직장을 그만두었고, 1년 후 한
아이의 엄마가 되었다. 비교적 '평범하고 순탄한' 인생을 살고 있는
선아가 얘기 좀 하자며 무작정 회사 앞으로 찾아온 것은 결혼한 지
3년을 조금 넘긴 때였다.


"지난 3년 동안 하루 24시간을 꼬박 애만 키웠어요. 그게 어떤 생활
인지 알아요? 정말이지 요즘엔 우울증이 생길 것 같아요. 내가 하도
짜증을 내니까 남편은 '모성애가 부족하다.'며 오히려 섭섭해하더
라고요. 내 생활이 필요하다고 해서 모성애가 부족한 건 아니잖아
요. 남자들은 다 이기적이에요. 아무튼 이젠 정말 제 인생을 찾고 싶
어요."


"고작 3년밖에 안 쉬었으니 금방 일을 시작할 수 있을 거야."라는
강력한 지지의 말을 듣고 싶었을 후배에게 "3년이나 쉬었으니 쉽지
는 않을 텐데."라고 대놓고 말하기가 어려웠던 나는 "디자인 분야가

전문직이니 가능성 있지 않겠어? 과 선배랑 친구들한테 전화부터 해봐."라며 격려를 아끼지 않았다. 그 후 두 달이 지난 뒤, 바로 '월급 150만 원'이라는 말에 잔뜩 자존심이 상한 후배의 전화를 받은 것이다. 그러나 그날 후배의 전화에 당황한 것은 오히려 나였다.

"그런데 거기서 너 뽑아는 준대? 합격했어?"
"아니, 아직 모르지. 연락을 준다는데, 기운이 빠져서 말이야."
"무슨 소리야? 뽑아 주면 '감사합니다.' 하고 일해야지. 일단 일을 시작해야 다른 기회도 생기는 거야. 경력 1년 6개월에 3년 놀았으면 경력 사원 축에도 못 껴. 아줌마 신입 사원이 번듯한 회사 들어가기가 쉬운 줄 아니?"

전화를 끊은 후 다소 쌀쌀한 내 목소리에 서운했을 후배에게 미안한 마음도 들었지만, 솔직히 말하면 나는 조금 화가 났다. 정체성을 잃은 것 같다, 일을 할 때가 정말 행복했다며 그렇게도 간절히 사회로 돌아가고 싶다고 외치던 그녀가 정작 일할 수 있는 기회를 눈앞에 두고는 자신을 못 알아본다며 투덜대고 있는 것이다.

후배가 면접을 본 그 회사는 분명 그녀를 신입의 위치에 놓고 채용 여부를 고려하고 있을 터였다. 회사에서 볼 때 3년 전 디자인 감각을 지금 당장 써먹을 수 있을 거라고 생각하지는 않을 것이다. 그

건 지극히 현실적인 판단이기도 하다.

나의 다소 '격한' 조언 때문이었는지 모르겠지만, 후배는 썩 내키지 않은 마음으로 디자이너가 두 명밖에 되지 않는다는 그 회사에 입사했다. 나는 그런 그녀에게 "거기서 무조건 2년 정도 경력을 쌓으면 반드시 다른 기회가 올 거야."라며 등을 두드려 주었다.

대부분 광고기획사들이 그렇듯이 클라이언트 요구에 따라 야근이 끊이지 않았다. 비교적 돈을 잘 버는 남편이 월급 300만 원 이상 벌어 올 게 아니라면, 하나밖에 없는 딸아이에 집중하는 게 오히려 남는 것이라고 부추기자, 후배는 결국 8개월 만에 집으로 돌아갔다.

이처럼 재취업의 기회를 쉽게 포기하는 경우는 의외로 많다. 주부 재취업훈련기관에서 전산회계 과정을 교육받은 박주은 씨(38세)는 교육 수료와 함께 한 포장재 제작 회사를 소개받았다. 직원이 몇 명 되지 않는 작은 회사였지만 교육 기관을 통해 면접을 볼 수 있는 기회 자체가 흔하지 않기 때문에 주은 씨는 상당히 운이 좋았다고 할 수 있다.

그러나 주은 씨는 면접을 통과하고도 출근하기로 한 날 직장에 나가지 않았다. 공장이 함께 있어 깨끗하지 않은 근무 환경도 마음에 들지 않았지만, 무엇보다 월급 100만 원이 결정적 이유였다.

"월급 100만 원이 좀 실망스럽긴 했지만 그래도 내 힘으로 취업을 했다는 사실에 기분은 좋더라고요. 하지만 솔직히 당당하게 가사 분담 얘기를 꺼내기가 좀 민망해서 고민하고 있는데, 남편이 월급 100만 원 받아서 점심 값에 교통비에 옷 사 입고 그러면 뭐가 남느냐며 못마땅해하더라고요. 솔직히 자존심도 상하고, 그래서 다른 곳을 알아보기로 결정했어요. 남편도 그러라고 하더군요. 좀 더 좋은 조건의 일자리가 나오면 이력서를 넣어 보거나, 안 되면 또 다른 직업을 알아봐야죠."

그날 이후 교육 기관에서는 주은 씨에게 더 이상 취업처를 소개해 주지 않았다. 한동안 여기저기 혼자 이력서를 넣어 보았지만 단 한 번의 면접 기회도 얻지 못한 주은 씨는 현재 취업을 포기한 상태다.

# 뚜렷한 취업 목적 없이, 성공도 없다

어떤 형태로든 사회로 복귀해 일을 하겠다고 결심했다면, 가장 먼저 해야 할 일은 바로 '취업의 목적'을 분명하게 인식하는 것이다.

'일하는 목적은 무엇인가?'

'자아 계발'인가, '돈'인가. 사실 이 두 가지 중 어느 것이 더 중요하다고 말할 수는 없다. 자아 계발의 성취감 없이 오로지 돈만 벌기 위한 직장 생활은 오래 지속하기 힘들다. 또 노력만큼 돈을 벌지 못하면 일에 대해 만족하기 어렵다. 재취업을 꿈꾸는 많은 전업주부들이 간절히 '자아 계발'의 욕구를 얘기하면서도, '낮은 연봉의 첫

아 내 가  내 일 을  잡 았 다

출발'을 쉽게 받아들이지 못하는 것도 바로 이런 이유 때문이다.

　나는 앞서 소개한 두 명의 여성이 힘들게 잡은 재취업 기회를 너무나 쉽게 놓아 버린 것도 명확하고 구체적인 '목표'가 없었기 때문이라고 본다. 그들은 취업을 원했다. 그러나 취업의 목표가 '자아 계발'인지 '돈'인지조차 명확하지 않았고, 얼마나 오랫동안 직장 생활을 할 것인지, 5년 후 자신의 희망 모습에 대한 밑그림은 물론이고, 심지어 1년 후의 계획도 없었다.

　단지 전업주부를 평생 직업으로 받아들이는 것이 싫었고, 남편과 시집 식구들 그리고 동네 친구 네트워크를 벗어나 여봐란듯이 '화려하게 복귀한' 자신을 꿈꿨던 것이다. 그들의 목표는 거기까지였다. 그렇기 때문에 설사 조금 더 나은 곳에 취업을 했더라도 결코 오래 일하지는 못했을 것이다.

　주부들을 위한 재취업 교육 현장에서 만나는 대다수의 전업주부들 역시 이들과 크게 다르지 않다. '정말 직업을 갖고 싶다.'고 노래를 부르면서도 막상 실행에 옮기는 데는 적극적이지 못하다. 그 이유가 단지 열악한 근무 조건과 결혼한 여자를 꺼리는 회사 때문만일까? 취업 상담 현장에서 자주 듣게 되는 여성들의 얘기를 들어보자.

32세 A 씨(대학원 졸) : "월 200만 원은 받아야 하지 않을까요? 조금 조정을 해도 180만 원 정도는 받았으면 해요. 대졸 신입 월급이 그 정도 한다고 하던데, 저는 그래도 경력이 있으니까요. 무엇보다 직장은 돈을 벌러 다니는 거지 쓸려고 다니는 것은 아니잖아요."

37세 B 씨(대졸) : "저는 월급은 좀 적어도 괜찮아요. 하지만 아이가 아직 어리기 때문에 집에서 가까웠으면 좋겠고, 출퇴근 시간만큼은 정확했으면 해요. 야근은 곤란해요."

35세 C 씨(고졸) : "그냥 빨리 취업할 수 있으면 돼요. 더 배우거나 뭔가를 더 하고 싶지는 않아요. 솔직히 얼마나 일할 건지도 모르겠고요. 남편 일만 잘 풀리면 계속 일할 필요가 없거든요."

개인의 노동 상품성은 시장에서 결정된다. 선아나 주은 씨에게 들어온 제의는 분명 기회였다. 물론 더 나은 조건의 일자리를 제의 받을 수도 있겠지만, 좋은 조건의 일자리가 원한다고 언제 어디서나 손안에 떨어지는 것은 아니다. 지속적으로 경력을 쌓고, 그 경력에 걸맞는 능력을 쌓아야만 비로소 '노동 가치'를 인정받을 수 있다. 그렇기 때문에 짧게는 2~3년, 길게는 5년 이상 전업주부로 생활해 왔다면 A 씨나 B 씨가 말하는 근무 조건을 갖춘 회사를 만나기란 결코 쉽지 않다. 게다가 C 씨와 같은 생각으로 구직에 나설 경

아 내 가 내 일 을 잡 았 다

우 단순 근로직조차 구하기 쉽지 않다. 어렵게 일자리를 소개받고도 월급이 적다며 아예 출근조차 하지 않거나 혹은 남들 보기에 그럴듯한 일자리를 찾아 강의만 듣고 다니는 이들에게 돌아갈 일자리는 없다.

# 잘못된 기대치가
# 기회를 놓친다

　취업을 마음먹은 만큼, 채용을 해줄 기업의 생각이 궁금하지 않을 수 없다. 그들은 취업하려는 전업주부들에 대해 어떠한 생각을 가지고 있는 걸까? '경력 단절 주부'들을 채용한 경험이 있는 기업 대표와 인사 담당자들의 생각을 들어보자.

　IT 기업 N사 대표 : "솔직히 우리나라 기업 문화에는 나이 서열이 존재합니다. 30세 이상의 신입 직원 채용을 20대 후반의 팀장들이 꺼리는 게 현실이에요. 팀원들은 나이 많은 신입에게 막내들이 으레 담당하는 심부름이나 잡무를 시키기 불편해하고, 당사자들은 또 나이 어린 선배와의 관계를 잘 풀어 가지 못하더라고요. 솔직히 30세 이상의 경력 단절 주부를 채용하는 게 쉬운 일은 아니에요."

　　　　　아 내 가　내 일 을　잡 았 다

취업 포털 사이트 K사 대표 : "기업이 20대 여성과 30대 여성에게 요구하는 직종과 직무 능력이 달라요. 사무직의 경우 20대 여성을, 영업·마케팅·판매직 분야의 경우 30대 여성을 선호합니다. 많은 주부들이 취업하기 원하는 전문직이나 사무직은 수요 자체가 적으며, 파트타임직은 거의 없다고 봐야 해요."

중소기업 T사 인사부장 : "경력을 100퍼센트 인정해서 채용하긴 어려워요. 다만 과거 사회 경험이 있으니 이제 막 대학을 졸업한 애들보다 업무 적응이나 근성 면에서 낫지 않을까 기대하는 거죠. 그런데 한 면접에서 어떤 여성이 첫 질문으로 '퇴근 시간은 언제죠?' 하는 거예요. 저희의 기대와 달리 그분들한텐 그것이 가장 중요한 듯해요."

'월 200만 원의 급여를 받을 수 있는가, 정시에 퇴근할 수 있는가, 휴가를 꼬박꼬박 챙길 수 있는가.'

재취업을 준비하면서 이와 같은 조건을 먼저 내거는 전업주부가 있다면 나는 솔직하게 "차라리 가정에 충실하세요."라고 조언하고 싶다. 이유는 간단하다. 어떤 기업도 이 같은 조건부터 생각하는 사람을 채용하고 싶어하지 않기 때문이다.

'이런 평범한 조건조차 요구해서는 안 된다는 거야?'라며 살짝 마음이 불편해진 여성들도 있을 것이다. 하지만 이런 요구에 대해 고용주들은 '자질' 혹은 '직업의식'을 들먹이는 것이 현실인 만큼, 서로의 생각 차이를 좁히기 위한 노력이 반드시 필요하다.

우선 월 급여 200만 원이 왜 쉽지 않은 걸까? 재취업의 출발에서부터 그 이유를 찾을 수 있다. 육아와 가사에만 전념해 온 여성들이 아무리 좋은 학벌과 사회 경력을 갖고 있다 하더라도, 급여 조건이 좋은 기업에 바로 취업할 가능성은 희박하다. 전문 분야에서 비교적 상당 기간의 경력이 있는 경우를 제외하면, 대부분 재취업을 하기 위해 새로 교육을 받거나, 자격증을 취득하는 것이 일반적이다. 이때 재취업 여성들은 신입 여직원 수준의 급여를 받게 되며, 정부 혹은 지자체가 지원하는 여성 취업훈련기관을 통해 취업을 할 경우 월 100만 원 정도의 일자리가 대부분이다. 참고로 우리나라 여성들의 평균 임금은 134만 원(산업·직업별 고용구조조사, 2006년)에 불과하다.

게다가 최근 고용 시장이 계약직을 선호하면서 정규직 취업도 쉽지 않은 게 현실이다. 확실하게 경력을 인정받을 수 있는 전문직이 아니라면 당신의 경쟁자는 갓 대학을 졸업하거나 20대 초반의 직장 경력 1~2년차 여성들이다. 또한 당신 나이 또래의 직속 상사가 당신의 채용에 관여하니 면접부터 쉽지가 않다.

좋은 일자리로 바로 진입하기 어려운 현실은 단지 전업주부들의

아 내 가   내 일 을   잡 았 다

얘기만은 아니다. 한마디로 경제 활동을 희망하는 모든 사람들에게 해당하는 현실인 것이다. 그렇기 때문에 좋은 일자리에 대해 다소 주관적이더라도 확고한 자기만의 기준을 세울 것을 조언하고 싶다. 지금 현재는 낮은 임금에 불안정한 고용 조건이라고 해도, 자신이 하고 싶고 또 장기적으로 발전 가능성 있는 일이라면 당신에게 아주 적합한 일자리라고 생각하는 것이다.

목표만 명확하다면 첫 취업에서 눈높이를 낮춰 보기를 적극적으로 권한다. 내게 꼭 맞는 기회가 반드시 정직한 얼굴로 오지는 않는다. 처음엔 눈에 차지 않는 일자리를 기회라고 받아들이는 것조차 싫을 것이다. 하지만 시간이 흘러 뒤돌아보면 그 일을 했기 때문에 진짜 내 직업을 발견하게 되는 경우가 생각보다 많다.

일단 '일터'에 들어가 있어야 더 많은 기회가 보이는 법이다. 일이 곧 교육이며, 기회란 스스로 만들어 가는 것이다. 그러니 아예 진입 자체를 포기해 자신의 상품 가치가 계속 떨어지도록 방치하는 것보다 일단 들어가서 발전 가능성 있는 인재임을 보여 주는 것이 훨씬 유리한 전략이다.

# 안 되면 다시 살림이나 하지?

취재 현장에서 만나는 인사 담당자들에게 여성 채용을 꺼리는 이유가 무엇이냐고 물으면, 바로 튀어나오는 대답이 "채용에서 절대로 여성을 차별하지 않아요."라는 것이다. 그러나 여성을 채용할 때 가장 걱정되는 것이 무엇이냐고 살짝 돌려서 질문하면 '직업의식의 부재'라는 대답을 주저하지 않는다.

실제로 한 취업 포털에서 실시한 설문 조사 결과를 보면, 많은 고용주들이 '여성과 남성의 능력 차이가 없다.'는 점을 인정하면서도, 재취업 여성에게 '태도 · 자질 교육' 그리고 '철저한 직업의식 교육'이 무엇보다 필요하다고 지적한다. 여성에 대한 사회적 편견이 분명하게 존재하고 있음을 충분히 감안하더라도 솔직히 마냥 부정

아 내 가  내 일 을  잡 았 다

할 수만은 없는 게 사실이다.

## 출근 후엔 집안일을 잊어라

기업이 원하는 '직업의식'이란 게 사실 그렇게 특별한 것은 아니다. 작은 범위에서는 퇴근 시간에 연연하거나 근무 시간에 사무실에서 사적인 전화를 하지 않는 것이며, 넓은 의미에서는 '경력 계발의 의지'를 갖는 것 등을 들 수 있다.

동료가 사무실에서 매일같이 "몇 시에 학원을 가고, 용돈은 TV 위에 올려놓았다." "김치를 언제 보냈느냐, 아이들 밥은 챙겨 주었느냐." 등의 얘기를 하고 있다면, 당신 역시 그 사람을 '신뢰할 만한 동료', '함께 일하고 싶은 동료'로 평가하기는 어려울 것이다. 바로 이런 사소한 행동이 당신을 때와 장소, 공과 사를 제대로 구별하지 못하는 사람으로 인식하게 만든다.

직장에 출근해 집안일을 걱정하고, 집에 돌아가서는 낮에 제대로 처리하지 못한 업무를 걱정한다. 이러한 일상을 반복하다 보면, 어느 사이에 직장에서도 가정에서도 '무능한' 사람으로 찍혀 있는 당신을 발견하게 될 것이다.

# 출퇴근 시간에 집착하지 말자

아이를 키우며 직장을 다녀야 하는 주부들에게 출퇴근 시간은 매우 민감한 문제일 수밖에 없다. 식구들 아침밥을 챙겨 먹이면서 지각하지 않으려면 전쟁에 가까운 시간을 보내야 하고, 퇴근 시간을 넘길라치면 아이를 놀이방에서 데려올 누군가를 찾아 열심히 전화를 돌려야 하니 말이다. 바로 이런 이유 때문에 면접장에서 고용주가 "궁금한 사항 있으면 질문하세요."라고 묻자마자 대뜸 "퇴근 시간은 몇 시인가요?"라는 말이 저절로 나오는 것이리라.

하지만 퇴근 시간에 집착하는 사람은 직장에서 좋은 평가를 받기 어렵다. 일을 하다 보면 정해진 시간 안에 그 날의 업무를 다 끝낼 수 없거나, 밀린 잡무와 새로 맡겨진 업무 때문에 계획에도 없던 야근을 하게 되는 경우가 종종 생긴다.

어쩌다가 혹은 자주 야근을 하게 되더라도 기꺼이 받아들이는 자세를 가져야 한다. 일단 일을 시작하게 되면, 이런 경우를 대비해 늦은 시간 아이를 부탁할 사람을 미리 알아 두거나, 남편과 적극적으로 시간을 조절하는 등 사전 준비를 해둘 필요가 있다.

이렇게 당신이 보여 준 성실한 태도에 대해 상사는 모른 척하지 않는다. 잦은 야근 이후 회사는 당신에게 반나절의 특별 휴가를 주

아 내 가  내 일 을  잡 았 다

거나, 야근 다음 날 늦은 출근을 허용해 주기도 한다. 일터도 사람들이 모여 있는 곳이니 인간적인 배려가 있기 마련이다. 퇴근 시간에 집착하는 순간 몇 시간 일찍 퇴근할 수 있을지 모르지만, 사실은 보이지 않는 더 많은 것들을 놓칠 수 있음을 명심하자.

## 경력 계발 계획을 세우자

생각보다 많은 여성들이 '자기 계발'이나 '경력 관리'를 생각하지 않고 그저 성실히 일하는 데 만족한다. 성실한 것은 좋지만, 문제는 자기가 맡은 업무 외엔 관심을 갖지 않는다는 것이다. 맡겨진 업무와 한 달 급여밖에 생각하지 못하는 사람은 개인적으로도 발전할 수 없으며, 무엇보다 회사가 가장 원하지 않는 직원 중 하나다.

개인이 맡은 업무는 회사 전체의 업무를 진행시키기 위한 하나의 부속품과 같다. 그 부속품 하나만 보고 있는 사람은 회사가 생산하는 제품의 가치를 이해하기 어렵고, 그 가치를 공유하지 못하는 사람은 평생 부속품일 수밖에 없다. 부속품은 필요 없어지면 언제든지 교환하면 그만이다. 저렴하고 그만큼 흔하기 때문이다.

자기 업무에 대한 정확한 이해를 바탕으로, 더 나은 직무로 옮겨 가기 위해 자기 투자를 하는 것이 바로 자기 계발이다. 자기 계발 계획을 세울 때는 반드시 보다 먼 미래의 방향을 대략적으로라도 설정할 필요가 있다. 방향을 설정하고, 최대한 이 방향에서 벗어나지 않도록 길을 찾아가는 것이 바로 '경력 관리'다.

경력을 관리하지 않는 것은 일에 아무런 비전도 갖고 있지 않음을 뜻한다. 또한 어떤 직장의 관리자도 스스로 발전하려고 노력하지 않는 직원을 밀어 주거나 끌어 주지 않는다. 당신의 발전 가능성을 확인했을 때, 조직은 비로소 당신에게 기회를 제공한다. 경력 계발에 대한 의지가 있는 사람만이 자기 계발을 위한 노력을 지속할 수 있으며, 이 같은 태도야말로 조직에서 가장 필요로 하는 직업의식이다. 그리고 이러한 자세는 채용에서부터 인사 관리에 이르기까지 그 사람을 판단하는 주요 지표로 활용된다는 점을 잊어서는 안 된다.

그런데 이 직업의식은 취업을 한 다음이 아니라, 취업을 준비하는 지금부터 준비해야 한다. '집안일'과 '나의 일'을 구분지어 관리하는 습관은 하루아침에 만들어지지 않는다. 자기계발과 경력 관리도 마찬가지다. 지금 당신이 어떤 목표를 가지고 취업을 준비하고 있는지에 따라 취업 후 경력 관리를 통한 발전도 가능한 것이다.

꿈을 찾아 나선 당신, 나무만 볼 것인가, 숲을 볼 것인가. 선택은 당신의 몫이다.

　단지 지금보다 더 멋지게 살아 보고 싶었을 뿐인데, 해야
하는 일도, 각오해야 하는 일도, 이겨 내야 할 일도 너무나
많다. 이러한 현실에 다시 마음이 약해지는 것은 아줌마로서
오랫동안 사회와 단절되어 지내 왔기 때문이 아니다. 오랜
시간 사회에서 치열하게 살아온 사람들 역시 매일 세상에 쉬
운 일이 없음을 절감하고 좌절과 포기라는 단어에 한쪽 발을
담그고 있다. 그러니 이제 막 문을 열고 나왔을 뿐인데, 힘들
다고 다시 그 문으로 되돌아가서는 안 된다.

# 내 안의 꿈을 향하여 달려가라

전업주부로 살아온 것은
절대 부끄러운 경력이 아니다.
언제 어디서나
자신의 목표와 비전을 제시할 수 있다면
경력 단절은 더 이상 약점으로만
작용하지 않을 것이다.
단점이라고 생각했던 부분에서도 장점을 찾아낼 수 있다.
어려움을 이겨 낼 수 있다는 자신감이야말로
재취업 전쟁에 필요한 가장 중요한 무기다.

# 도전하기에 앞서,
# 자신감을 충전하라

두근거리는 마음으로 이력서를 한 줄 한 줄 채워 나가면서 가장 난감한 부분이 있다면 바로 '전업주부 기간'일 것이다. 특히 그 기간이 길면 길수록 자신감이 떨어지는 속도도 빨라진다. 솔직히 말하면 '경력 단절 기간'은 어떤 회사에서도 장점으로 인식되기 어렵다. 이런 현실을 당사자들도 잘 알고 있기 때문에 재취업에 도전하는 순간부터 마음 한구석에 '실패에 대한 두려움'이 생겨나는 것은 어쩔 수 없다. 그러나 모든 상황은 생각하기에 따라서, 또 어떻게 활용하느냐에 따라서 오히려 강점으로 작용할 수도 있다.

# 숨어 있는 커리어우먼의 끼를 발견하라

직업을 갖고 싶고 또 일을 해야겠다고 느끼는 순간, 당신 안에는 이미 오래전부터 커리어우먼의 끼가 잠재되어 있었다고 자신해도 좋다. 결코 만만치 않은 집안일을 능숙하게 해치우고 아이들과 남편까지 돌보는 전업맘들은 사실 매우 뛰어난 멀티 플레이어들이다. 저녁 반찬 두세 가지를 동시에 해내는 것은 기본이고, TV 드라마를 보면서 다림질을 하고 세탁까지 해내는 등 시간 활용에는 따라올 자가 없다. 바쁜 아침 시간 작은아이 머리를 묶어 주면서도 큰아이가 무엇을 하고 있는지 결코 놓치는 법이 없는데다, 챙겨 놓은 물건도 잘 찾지 못해 투덜거리는 남편에게 즉각적으로 해결책을 내놓는 일은 아무나 할 수 있는 게 아니다.

생각해 보면 커리어우먼이 갖춰야 할 '끼'란 것이 그리 특별하지 않다. 자신의 일을 책임감 있게 수행하며, 효율적인 시간 관리로 최대한의 업무를 신속하게 해낼 수 있는 잠재 능력이 바로 기본적인 '끼'인 것이다. 게다가 막무가내 아이들의 싸움을 현명하게 중재해 내는 엄마들이야말로 사회가 원하는 인재의 소양을 갖추었다고 할 수 있다. 그러니 단지 해보지 못했다고 할 수 없다고 단정 지어서는 안 된다.

# 승부 근성으로 무장하라

일을 하다 보면, 오랜 기간 살림만 살다가 재취업에 도전해 이제는 실력 있는 커리어우먼으로 인정받는 멋진 여성들을 만나곤 한다. 그런데 이들에겐 몇 가지 공통점이 있다. 성실함이라는 기본적 미덕 외에도 쉽게 포기하지 않는 특유의 '승부 근성'이 바로 그것이다. 그것이야말로 그녀들의 짧은 경력에도 불구하고 그 분야에서 누구보다 빠르게 적응하고 성장할 수 있도록 도와준 원천이라고 할 수 있다.

하지만 그녀들이 처음부터 자신의 '근성'을 깨닫고 있었던 것은 아니다. 일을 즐기고, 그 일을 소중히 여겼기에 발휘될 수 있었던 숨겨진 '끼'였던 것이다. 게다가 이 승부 근성이라는 '끼'는 자신의 노력 없이는 좀처럼 발휘되기 어렵다는 특성을 가진다. 하지만 이 역시 크게 걱정할 필요는 없다. 아이와 남편 뒷바라지를 하며 개발된 인내심은 당신 안에 내재된 승부 근성을 이끌어 낼 수 있도록 도와줄 것이다. 또한 엄마들만이 갖고 있는 포용력은 그 승부 근성이 조직 안에서 부드럽게 발휘되도록 한다.


'취업을 하기도 어렵지만, 막상 취업이 되도 잘해 낼 수 있을까?'

라며 시작하기 전부터 두려워하고 위축될 필요는 없다. 물론 재취업 도전 과정에서 몇 번의 실패로 좌절을 맛볼 수도 있고 자존심을 다칠 수도 있다. 하지만 당신 안에는 이미 '커리어우먼의 끼'와 '승부 근성'이 내재되어 있음을 알았다. 따라서 앞으로 닥칠 어려움은 얼마든지 뛰어넘을 수 있다고 스스로 믿는 것이 중요하다.

전업주부로 살아온 것은 절대 부끄러운 경력이 아니다. 그냥 이력서상의 약점으로 당당히 인정하면 그만이다. 대신 일에 대한 열정과 목표 그리고 미래에 대한 비전을 늘 고민하고, 이에 맞는 실무 능력을 키우기 위해 부단한 노력을 기울여야 한다. 언제 어디서나 자신의 목표와 비전을 제시할 수 있다면 이력서상의 경력 단절은 더 이상 약점으로만 작용하지 않을 것이다. 단점이라고 생각했던 부분에서도 장점을 찾아낼 수 있다. 어려움을 이겨 낼 수 있다는 자신감이야말로 재취업 전쟁에 필요한 가장 중요한 무기다.

# 나만의 상품성이
# 나의 가치를 말한다

자신감으로 한껏 고양되었다면 그 다음에 반드시 생각해 봐야 할 것이 바로 '나의 상품성'이다. '나는 회사에서 고용하고 싶은 인재인가.' '어떻게 하면 나를 고용하고 싶어 할까.' '내가 어떤 분야의 일을 하면 재능을 발휘할 수 있을까.'에 대해 당당하게 답변을 내놓을 수 있어야만 사회에서 자신의 자리를 확보할 수 있기 때문이다.

사람들은 누구나 '재능'이란 것을 갖고 있다. 살림하고 아이 키우는 것 외에 딱히 특별한 취미 하나 없는 전업맘에게도 상품성이 될 만한 재능이 있느냐고 묻는다면, 나는 당당히 "그렇다."고 말할 것이다. 제법 오랜 기간 사회생활을 하면서, 나는 자신도 몰랐던 재능을 발휘해 수년간의 공백을 단숨에 메워 버리는 여성들을 참 많이 봐왔기 때문이다. 그렇다고 또 너무 재능에 집착할 필요는 없다. 재능까지는 아니어도 내가 흥미를 느끼는 일이라면 관심을 기울여 즐거운 마음으로 노력할 수 있으니 그만큼 성장하고 발전할 가능성이 커진다. 결국 당신의 흥미를 끄는 일을 발견하는 것만으로도 상품성을 찾았다고 볼 수 있다.

그럼 어떻게 자신의 상품성을 찾을 수 있을까? 여기 자신의 상품성을 찾아 활용하는 데 성공한 두 여성이 있다.

"육아, 청소, 요리 등 자신이 좋아하고 잘할 수 있는 게 바로 자신의 전문 분야라고 생각해요. 제가 지금은 전문 분야를 개척한 사람으로 유명해졌지만, 전 뜨개질을 취미로 하던 그저 평범한 전업주부에 지나지 않았어요."

프랜차이즈 뜨개질 전문점을 창업, 지금은 성공한 CEO로 불리는 송영이 씨(42세)의 성공 스토리가 주부들에게 주는 메시지는 바로 현재 자기가 하는 일에서 상품성을 찾으라는 것이다. 송영이 씨는 30대 초반에 자신이 좋아하고 또 잘하는 뜨개질 취미를 살려 온라인 취미 커뮤니티를 운영하였다. 그리고 그것이 발판이 되어 지금은 전국 70여 곳에 가맹점을 둔 프랜차이즈 기업으로 성공했다.

아 내 가   내 일 을   잡 았 다

만약 송영이 씨가 뜨개질을 단지 취미 혹은 재능 정도로만 생각했다면 지금의 그녀는 없었을 것이다. 그녀는 뜨개질이 자신의 상품성이라는 것을 깨달았고, 그것을 현실화했다. 물론 상품성을 찾았다고 누구나 성공할 수 있는 것은 아니다. 상품성은 말 그대로 가능성에 불과하기 때문이다. 가능성을 현실로 만들기 위해서는 자신을 단련하고 투자해야 한다. 그녀는 1998년 '사업'이라는 목표를 세운 후, 3년 동안 수면 시간을 하루 4시간으로 줄이며 마케팅, 전자상거래 등의 전문 교육을 받으러 다닐 만큼 지독하게 노력했다.

"취미와 사업의 차이는 바로 49대 51의 문제예요. 49면 취미고, 51이면 사업이죠. 모든 일을 똑같이 잘할 수 있는 사람은 없어요. 하지만 목표를 정하고 우선순위를 정해 매진한다면 주부라고 못할 이유는 없다고 생각해요."

지방의 한 취업상담센터에서 직업 상담사로 일하고 있는 김성인 씨(40세)는 지금의 직업을 갖기 전까지 여러 직업을 전전하였다. 출판사, 무역회사의 사장 비서를 비롯해 이름도 기억나지 않는 몇 개의 작은 회사를 옮겨 다녔던 것이다. 직장 생활이 적성에 맞지 않는다고 느낀 그녀는 한동안 살림만 해왔다. 그러나 남편이 다니던 회사가 불안해지면서 '다시 일을 해야겠다.'고 결심하게 되었다.

그러나 과거 어느 한 직장도 오래 버틴 경험이 없는 터라, 그녀는 여러 구직 정보를 뒤적거리면서도 자신이 할 수 있는 일을 찾는 게 무척 어려웠다. 그러던 중 우연히 자신처럼 직장 경험이 많은 사람들에게 유리한 직업이 있다는 사실을 알게 되었다. 직업 상담사가 바로 그것이었다. 굳은 결심으로 관련 공부를 시작하여 어렵게 취업을 한 그녀는 자신의 경험을 바탕으로 취업을 하고자 하는 여성, 특히 경력 단절 여성들을 대상으로 한 상담에서 두각을 드러냈다. 그녀는 이 과정을 통해 자신이 설득력 있는 말솜씨를 갖고 있으며, 누군가를 돕는 일에 큰 흥미를 느끼고 있음을 알게 되었다.

"이곳저곳 직장을 옮겨 다녔던 건 끈기 없는 성격 탓도 있지만, 제 적성을 잘 몰랐던 탓도 있음을 깨달았어요. 제대로 된 커리어 하나 없이 다시 취직할 수 있을 거라고는 생각 못했는데, 바로 이런 제 경험이 저의 상품성이 된 거죠."

이처럼 당신의 상품성을 찾는 일에 너무 조급해할 필요는 없다. 누군가는 어렸을 때 발견하기도 하고, 누군가는 취미 활동을 통해 우연히 깨닫기도 하며, 혹 누군가는 다양한 경험을 통해 스스로 만

들어 가기 때문이다. 다만 자신만의 상품성을 찾거나 만들기 위해
노력해야 한다는 사실만큼은 절대로 잊어선 안 된다.

# 급할수록 돌아가라

    나이가 들수록 '가능'과 '불가능'의 차이에 대해 자주 생각하게 된다. '내 사전에 불가능이란 없다.' '포기하지 않으면 불가능은 없다.' '꿈꾸는 당신에게 불가능은 없다.'는 비슷비슷한 제목의 책과 글들을 언제 어디서나 쉽게 접할 수 있는 것을 보면 자신의 '가능성'을 확인받고 싶어하는 사람들이 그만큼 많다는 뜻일 것이다.

    '두려움 없는 도전이야말로 성공의 밑거름'이라는 이들의 공통된 메시지는 나이와 성별에 상관없이 새로운 시작을 준비하는 사람들의 가슴에 참 진하게 와닿는다. 하지만 세상을 좀 '안다는' 어른들이 이 말을 곧이곧대로 믿고 따르기엔 뭔가 마음이 편치 않은 것도 사실이다. 이건 이래서 안 되고, 저건 저래서 어렵고, 내가 배운 것

아 내 가  내 일 을  잡 았 다

과 가진 것, 내가 원하는 것과 남이 내게 요구하는 것 등에 대해서 따져 보면 볼수록 도전할 수 있는 직업들은 하나둘씩 줄어만 간다. 그러다 보면 '현실'이라는 단어는 직업을 선택하는 가장 중요한 조건이 되고, 결국 당장 눈에 보이는 일, 취업 가능성이 높은 직업을 덥석 잡고 만다.

그리고 엄청난 행운으로 그냥 시간과 요구가 맞아떨어져서 얼떨결에 잡은 직업이, 내 적성에도 딱 맞고 나도 몰랐던 능력까지 끌어내 주기만을 바라게 된다.

하지만 이렇게 '억세게' 운 좋은 케이스는 거의 없으며, 설령 있다고 해도 그러한 삶이 과연 행복할까? 내 삶을 나만의 방식으로 가장 나답게 살고 싶어 품은 사회 복귀의 열망을 냉엄한 현실 앞에서 바로 꺾어 버리고 타협할 것인가? 솔직히 어쩌다 보니 하게 된 일은 대부분 "그냥 다니는 거지 뭐, 남들이라고 별거 있어?"라고 생각하기 십상이다.

당신이 바라는 직업을 갖기란 쉽지 않다. 특히 나이 30살을 훌쩍 넘겨 새로운 일에 도전하는 경우라면 두말할 필요도 없으니, 더욱 쉽게 직업을 선택해서는 안 된다. 적성에 맞지도 않고, 성취감도 없는 직업을 평생 유지하기란 정말 어려운 일이다.

정말 잘나가는 '골드 미스'였던 김수정 씨(41세). 국내 최고의 연봉 수준을 자랑하는 외국계 회사에서 마케팅 컨설턴트로 근무하던 그녀가 1년 6개월이라는 짧은 경력 단절 후 재취업에 고민하고 있는 현실은 '정말 원하는 직업 찾기'가 얼마나 어려운지를 여실히 보여 준다.

3년 전 38살이란 적지 않은 나이로 결혼을 하게 된 수정 씨는 결혼과 동시에 남들이 다 부러워하는 고연봉의 직장을 미련 없이 놓아 버렸다. 결혼까지 미뤄 가며 인생을 오직 일에 걸어 왔던 그녀에게 때마침 찾아왔던 슬럼프는 커리어를 쉽게 포기하는 데 결정적인 역할을 했다.

미국 영주권자인 남편과 결혼하면서 외국에서의 생활을 계획했던 수정 씨는 아이를 낳아 기르면서도 일은 잠시 쉬고 있을 뿐이라고 생각했다. 그러나 남편이 외국이 아닌 한국에서 일을 하기로 결정하면서 수정 씨는 다시 일자리를 알아보기 시작했다. 화려한 실무 경력을 가지고 있는데다 휴식 기간이 고작 1년 6개월에 불과했기 때문에 재취업에 대해 크게 걱정하지 않았다. 하지만 막상 닥친 현실은 정말 당황스러움 그 자체였다.

"경력을 보면 이사급으로 채용해야 하는데, 젊은 여성을 이사로 채

아 내 가   내 일 을   잡 았 다

용하기를 꺼리는 회사들이 생각보다 많더라고요. 외국계 회사도 별 차이가 없었어요. 예전 회사에 계속 남아 있었더라면, 여성이라는 것보다 업무 능력이 더 부각되었겠지만 새로운 회사는 입장이 달랐던 거죠. 솔직히 제 경력을 믿었기 때문에 재취업은 원할 때면 언제든지 할 수 있을 거라고 생각했어요."

취업이 잘되지 않자 수정 씨는 마침 일을 제안한 소규모 써치펌의 헤드헌터로 전직했다. 하지만 1년도 채 되지 않아 결국 사표를 제출하고야 말았다. 일은 생각만큼 흥미롭지 않았고, 오히려 일을 하면 할수록 공허함이 커져만 갔다. 게다가 큰 기업에서 합리적 업무 진행에 익숙했던 그녀였다. 경영주 1인의 의사가 절대적인, 소규모 개인 회사의 경영시스템은 적응하기 무척 어려웠던 것이다.

취업하기에 결코 나쁘지 않은, 아니 아주 좋은 조건을 갖춘 수정 씨가 짧은 기간의 경력 단절을 경험한 후 재취업에 실패한 이유는 무엇일까.

수정 씨가 재취업에 실패한 첫 번째 이유는 경력 단절이라는 변수를 고려하지 않고, 단기전에 대응하는 마음으로 접근했다는 점이다. 길든 짧든 경력 단절의 경험은 개인의 노동 가치를 어떻게든 변화시키기 마련이다. 그동안 수정 씨의 가치에도 물론 변화가 있었다. 수정 씨는 상사와 부하 직원으로부터 인정받는 인재였고, 지금도 그 능력이 감소된 것은 아니다. 그러나 치열한 경쟁 사회에서 공백기를 가진 그녀는 더 이상 그녀가 원하는 '좋은 직장'에서 '반드시' 그녀를 채용할 만큼 특별하지 않았다. 승진을 할수록, 좋은 일자리일수록 그만큼 자리는 부족하고, 인재는 많은 법이니 경쟁은 더 치열할 수밖에 없는 것이다.

두 번째 이유는 쉬는 동안 당사자 스스로도 일에 대한 가치관이 변했다는 점이다. 한 아이의 엄마가 되면서 수정 씨는 예전처럼 자신의 모든 시간을 일에 투자할 수 없었고, 그럴 마음도 없어졌다. 그렇기 때문에 예전보다 일을 찾기 더 까다로워진 것이다. 하지만 하루라도 빨리 사회에 복귀해야 한다는 조급한 마음에 수정 씨는 구체적 계획과 장기적 비전 없이 서둘러 재취업에 접근했다.

무슨 일이든 조급하게 결정하면 실수가 많아진다. 수정 씨가 진로를 수정한 것은 좋은 결정이었다. 그러나 '가장 빨리 진입할 수 있기 때문에' 그 일을 선택한 것은 결정적 실수였다. 물론 그녀는 헤드헌터의 업무 그리고 급여 체계와 시장 조건에 대해서도 파악하고 있었다. 그러나 문제는 직업적 비전이나 개인의 특성보다는 마침 평소 안면이 있던 사람의 적극적 구애가 선택의 결정적인 이유로 작용했다는 점이다.

"생각보다 재취업이 어렵다는 것을 깨닫는 순간 마음이 조급해졌어요. 당장 사회로 복귀하는 것보다 내가 원하는 일, 나를 필요로 하는 일에 대해 조금만 더 생각할 여유를 가졌더라면 오히려 시간을 절약할 수 있었을 거예요."

재취업 실패로 인해 적지 않은 마음의 부담을 안아야 했던 수정 씨, 힘든 시간 이후 깨달은 사실은 바로 나이 마흔 이후의 자신이 정말 원하는 일은 마케팅 컨설턴트도, 헤드헌터도 아니라는 사실이었다. 그녀는 지금 통번역대학원의 학생이라는 인생 2막을 준비 중이다.

# 공든 탑은 무너지지 않는다

재취업을 결심한 사람들은 각자 자신이 처한 상황과 조건에 따라 서로 다른 방식의 접근을 취한다. 누군가는 '단기전'의 전략을, 누군가는 '장기전'의 전략을 갖고 출발하는 것이다.

이 둘은 준비 기간뿐만 아니라 치밀한 전략의 유무로도 구분된다. 지금 당장 처한 상황에서 가장 빠른 길을 선택하여 우선 진입하고 보는 것을 목표로 한다면 '단기전'이라고 할 수 있다. 반면 재취업에 도전하기 전 탐색전을 통해 정보를 수집하고 목표를 세운 다음, 오랜 시간이 소모되는 교육이라는 투자를 선택한다면 '장기전'이라고 볼 수 있다.

이 둘 중 반드시 어느 쪽이 성공적인 전략이라고 단언할 수는 없다. 단기전으로 시작했으나 중간에 목표 수정을 통해 장기적 전략을 펼칠 수도 있고, 재취업의 목표 자체가 '단기전'에 걸맞을 수도 있다. 반면 시간과 돈을 투자해 '장기전'을 펼쳤지만 결과를 얻지 못할 수도 있다. 하지만 어떤 경우든지 자신의 현실을 직시하고, 충분한 노력을 기울일 때 보다 크고 단단한 열매를 수확할 가능성이 높아진다.

앞서 수정 씨의 경험은 아무리 좋은 취업 조건을 갖추고 있더라도 잘못된 전략을 선택하여 재취업에 나설 경우 실패할 수도 있음을 보여 준다. 반면 배민영 씨(40세)는 내세울 만한 사회 경력은 없지만 2년간의 준비 기간을 거쳐 현재 2년차 컴퓨터 프로그래머로 일하고 있다. 그녀는 탁월한 '장기전' 전략의 선택으로 취업에 성공한 사례라고 할 수 있다.

결혼 전 중견 무역 회사에서 일한 경험이 있는 민영 씨. 결혼 후 직장을 그만두고 아이를 키우다 36살이 됐을 무렵 재취업에 도전했다. 결혼 전 경력을 살릴 수 있는 일은 찾기도 힘들었다. 원하면 바로 일을 시작할 수 있다는 동네 친구의 소개로 보험 영업소에도 가봤으나 적성에 맞지 않아 바로 그만두었다. 또 일주일에 두 번 약국전산회계원 교육을 3개월 정도만 받으면 취업이 된다는 얘기에 취업교육기관에서 상담을 받기도 했다.

적지 않은 나이 때문에 마음이 조급해지긴 했으나, 민영 씨는 이왕이면 보다 전문적이고 오래도록 일할 수 있는 직업을 갖고 싶었다. 커가는 아이들 교육비에 보탬도 되고, 남편의 경제적 부담도 나누고 싶었다. 하지만 무엇보다 그녀 자신만의 인생을 만들어 가는데 '직업'이야말로 가장 중요한 터닝포인트가 되어 줄 것이라고 믿었다.

그래서 선택한 것이 직업훈련기관이었고, 마침 지자체 여성 취업 훈련기관에서 시행하고 있는 자바 프로젝트 과정에 등록했다. 컴퓨터 프로그래머라는 직업이 섬세한 자신의 성격에 딱 맞다고 생각한 것이었다. 게다가 컴퓨터 관련 직종은 미래에도 계속 필요한 직업이니 비전도 있고, 평소 컴퓨터에 관심이 많은 아이들에게 가르쳐 줄 수 있다는 점도 마음에 들었다.

하지만 처음부터 선택이 쉬웠던 것은 아니다. 취업이 100퍼센트 보장되는 것도 아닌데다 교육을 받기 위해 1년이라는 시간을 투자해야 한다는 것은 부담스러운 일이었다. 주위의 시선도 있으니 반드시 잘해 내야 한다는 부담감마저 들었다. 게다가 막상 시작한 교육 과정은 생각 이상으로 어려웠다. 반년 이상 민영 씨의 성적은 반에서 꼴찌를 벗어나지 못했다. 포기하고 싶은 마음이 자꾸 반복되자 정말 그만두게 될까 봐 겁이 난 그녀는 '반드시 잘해야 한다.'는 생각을 '일단 통과'라는 목표로 수정했다.

1년 후 간신히 커트라인에 걸쳐 수료증을 받았지만, 민영 씨는 1년 재수강이라는 어려운 선택을 했다. 재취업의 핸디캡을 줄이기 위해선 남보다 실력이 좋아야 한다고 판단했기 때문이다. 그리고 다시 투자한 1년 동안 그녀는 부족한 실력을 채워 나갔다.

"1년 과정을 2년 동안 배우며 노력했더니 기관 측에서도 성실함과 근성을 인정해 면접 추천을 해주더라고요. 아마 1년만 배우고 그냥 대충 취업을 했더라면 못 버텼을 거예요. 나이 서른여덟에 신입 프로그래머로 일하는 게 어디 쉬운 일인가요? 2년이 지난 지금도 매번 긴장하며 일하는걸요. 이 분야에서 10년은 버틸 거예요. 그러면 언젠가 전문가로 인정받는 날이 오겠죠."

또한 50대 중반에 대학 교수라는 전문직으로 사회 복귀에 성공한 김혜자 씨의 사례는 조급해하지 않고 철저하게 준비한다면, 불가능한 도전은 없다는 사실을 다시 한 번 깨닫게 해준다.

꽃꽂이가 취미였던 김혜자 씨는 50살을 넘기면서 대학 평생교육원에서 꽃예술 최고지도자 과정을 수강했다. '꽃꽂이를 취미가 아닌 직업으로 해볼 수 없을까.'라는 생각에서 시작한 것이 결국 학점은행제를 통한 화훼학과 학사 학위의 취득으로 이어졌다.

"학사 학위를 따고 나니, 대학원에 진학하고 싶더라고요. 그런데 목 돈은 아이들 학비를 위해 남겨 둔 거뿐이었고……. 정말 많이 고민 했어요. 하지만 이왕이면 진짜 전문가가 되고 싶더라고요. 결국 대학원 연구 과정을 거쳐 석사 과정을 밟았죠."

경력 단절 기간을 딛고, 재취업 시장에서 상대적으로 안정적인 직업을 찾으려면 무엇보다 적절한 투자를 아끼지 말아야 한다. 가장 중요한 투자는 바로 배움이다. 돈과 시간을 들여야 하는 만큼, 만학을 선택하기란 쉬운 일이 아니다. 그러나 오랜 시간 공들여 쌓은 탑이 세찬 바람에 쉽게 무너지지 않는 것처럼 차근차근 준비한 사람은 어려움에 쉽게 흔들리지 않는다. 그리고 보다 나은 기회를 잡을 수 있는 안목도 생긴다.

아내가 내일을 잡았다

# 인맥을 잡아야 꿈도 잡을 수 있다

백화점 문화센터와 복지관에서 독서 지도사가 되고 싶은 주부들을 대상으로 교육을 진행하는 김경희 씨(49세)의 직업은 '전문 직업 교육 강사'다. 두세 곳의 기관에서 강의를 하는 한편 전문성을 기르기 위해 대학원에 진학했다. 그녀는 누구보다 열정적이며 이해하기 쉬운 강의로 인기도 높은 편이다. 하지만 그녀가 처음 일을 시작했을 때 주변 사람들은 그녀의 재취업 성공을 단지 '운이 좋았다.'며 치부해 버리곤 했다.

그도 그럴 것이 독서 지도사란 직업이 이미 수년 전부터 전업주부들이 가장 흔하게 배울 수 있는 취업 준비 종목 중의 하나였던 만큼 좋은 자리를 찾기가 그만큼 쉽지 않았던 것이다. 실제로 경희 씨도 처음 공부를 시작할 때는 '여건이 되면 공부방을 열어 부업을 하거나, 안 되면 내 아이라도 직접 가르치자.'는 수준의 목표에 불과했다.

그러나 공부를 마칠 때쯤, 그녀의 목표는 전문 강사로 수정됐고, 성공적으로 자리 잡을 수 있었다. 이 과정에서 그녀는 취업 비결을 묻는 사람들에게 '인맥이 중요하다.'고 강조하곤 했다. 이런 경희 씨의 조언을 들은 사람들은 '백 썼구나, 그럼 그렇지.'라고 생각하기 쉬웠을 것이다. 그러나 경희 씨가 말하는 '인맥'은 '멘토'라고 해석하는 것이 더 정확한 설명이다. 그리고 경희 씨의 '멘토 찾기'는 절대로 우연이 아닌 '노력'이 있기에 가능했다.

경희 씨가 처음 공부를 시작한 곳은 집 근처 복지관에서 제공되는 독서 지도사 과정이었다. 수업료도 저렴하니, 말 그대로 '한번 해보자.'라는 가벼운 마음에 부담 없이 시작했다. 그런데 3개월 동안 교육을 받으며 경희 씨는 자신의 적성과 잘 맞는다는 것을 알게 되었다. 그리고 조금 더 심도 있게 배워 보고 싶은 생각에 대학 부설 평생교육원에 개설된 독서 지도강사 양성 과정을 찾게 되었다.

대부분 목적이 비슷한 사람들이 모여 함께 공부를 하다 보니, 교육생 전부가 취업을 목표로 한 것은 아니지만 학점 은행제를 이용해 학위를 취득하거나, 현직에서 학원 강사로 활동하는 사람들도

아 내 가   내 일 을   잡 았 다

더러 섞여 있었다. 보다 뚜렷한 목표를 가진 사람들과 어울리며 그녀는 그동안 알지 못했던 '정보'라는 것도 듣게 되었다.

하지만 무엇보다 담당 교수와의 인연이야말로 그녀가 말하는 '인맥'의 힘으로 작용했다. 담당 교수는 경희 씨가 백화점 문화센터 강사로 일할 수 있도록 직접적으로 이끌어 준 사람이기 때문이다. 40여 명이나 되는 학생 중에 교수는 왜 경희 씨에게 일할 수 있는 기회를 준 것일까? 그녀는 남들과 무엇이 달랐을까?

"교수님과 친해지고 싶었어요. 내가 하고 싶은 일을 하고 있는 사람이니 궁금한 게 얼마나 많았겠어요? 지각은 절대로 안 했고, 수업 시간에는 항상 교수님과 눈을 맞췄어요. 조금 시간이 지나고 나니 열심히 공부하는 아줌마 학생을 기억해 주시더군요. 교수님과 서로 통하고 나니 공부도 더 재미있어졌어요."

졸업 후 마땅히 할 일이 없었던 경희 씨에게 담당 교수는 강의 준비를 도와 달라는 부탁을 해왔다. 이미 여러 곳에서 강의를 하고 있던 교수는 마침 조교가 필요하자 경희 씨를 떠올렸던 것이다. 대부분 소소한 잡무에 불과한 일들이었지만 경희 씨는 열심히 임했다. 이는 교수의 효과적인 강의법을 현장에서 직접 보고 배우는 기회가 되었다. 경희 씨의 성실함을 눈여겨본 교수는 얼마 지나지 않아 자신이 맡고 있던 강의 하나를 그녀에게 소개해 주었고, 경희 씨는 정식으로 '일'이란 것을 시작하게 되었다.

> "처음 강의를 하기로 백화점 측과 계약한 날, 퇴근한 남편에게 '여보 나 사회에 복귀했어.'라고 말했던 순간을 지금도 잊을 수가 없어요. 그때만 생각하면 웬만한 어려움쯤은 금방 툭툭 털어 버리게 되죠."

사이버대학을 통해 재취업을 준비한 이승연 씨(40세)도 학교에서 인맥을 찾고, 도움을 받은 사례다. 10년 후 남편과 전원생활을 계획하는 다른 친구들과 달리 세상과의 소통을 선택한 그녀는 사이버대학에서 컴퓨터 공학을 전공했다. 그리고 졸업하기 전에 인터넷 꽃집을 창업했다. 승연 씨는 사업 아이디어와 용기를 모두 동기들에게서 얻었다고 말한다.

> "공부는 어렵고 사실 우등생도 아니었어요. 공부보다 제가 얻은 것은 바로 '사람'이라고 생각해요. 젊은 친구들 그리고 교수님과 어울리다 보니 세상에 참 많은 기회가 보이더라고요. 정보는 곧 기회라는 것을 확실하게 깨달았죠."

경희 씨와 승연 씨는 교육을 받으면서 '멘토-멘티' 관계를 만드는 데 성공했으며, 이 관계는 이들이 스스로 개척한 인맥의 기초적 토대가 되었다.

'인맥'을 아직도 '아는 사람'이나 '백' 정도로 생각한다면 하루빨리 그 생각을 접길 바란다. 취업을 위한 인맥 관리란 나와 같은 목표를 가지고 있는 사람들, 그 목표 지점에서 현재 일하고 있는 사람들 그리고 나보다 한 단계 앞서 있는 사람들과 지속적으로 관계를 맺는 것이다. 그리고 이를 통해 함께 배우고 이끌어 주며 성장하는 토대를 만들어 나가는 것이다.

# 나만의 인맥 지도를 만들어라

세상에 말만큼 쉬운 게 어디 있을까. 새로 이사 간 동네에서 좋은 친구 만들기도 어려운데, 전업주부가 어디에 가서 어떤 방법으로 인맥을 만들 수 있다는 건지. 솔직히 오랫동안 직장 생활을 하고 있으면서도 변변한 인맥 하나 갖지 못한 사람도 많지 않은가.

그럼에도 불구하고, 취업도 하기 전부터 인맥을 강조하는 이유는 인맥을 통한 재취업 성공률이 그만큼 높기 때문이다. 인맥이 일자리를 당신의 손에 쥐어 주지는 않는다. 하지만 성공 가능성이 높은 일자리 정보를 알려 주거나, 때로는 '소개'라는 이름으로 조금 더 유리한 위치에서 면접을 보도록 도와준다. 그런가 하면 공채로 이력서를 제출할 때도 그 회사의 규모나 업무 분야에 대한 구체적인 정보를 얻을 수 있다.

전업주부더러 인맥을 만들라니 처음에는 마치 사막 한가운데에서 바늘 찾는 것만큼이나 막막한 기분이 들 수도 있겠지만, 지레 겁먹고 포기해서는 안 된다. 인맥이란 말 그대로 '나'를 중심으로 짜여진 '사람 그물'이다. 이 그물을 짜는 것은 뜨개질과 마찬가지로 한 코 한 코 뜨는 것에서 시작된다. 다시 사회로 나아가는 데 작은 힘을 보태 줄 단 한 사람을 찾는 것, 이것이 바로 인맥 찾기의 시작이다. 처음 한 사람을 찾기는 어렵지만, 일단 한 사람을 찾으면 두 사람, 세 사람을 얻을 수 있다. 당신이 용기를 낸다면 말이다.


## 교수와 강사를 나의 멘토로

전업주부가 개척할 수 있는 인맥이라면, 앞서 경희 씨 사례를 보듯 교육 기관의 강사(교수)가 있을 수 있다. 나를 가르쳐 주는 강사나 교수야말로 최고의 인맥이다. 이들은 이미 그 분야에서 전문가로 인정을 받고 있는 사람들이다. 게다가 학문의 세계에만 존재하는 일반 대학 교수들과 달리, 실제 현장에서 뛰는 사람들이다. 이 같은 고급 인맥을 전업주부들이 만나고 또 관계를 맺기란 정말 쉽지 않다. 교육 현장 외의 장소라면 더더욱 그 가능성은 희박하다.

강사나 교수들과 친해지고 싶다면, 적극적으로 자신을 어필해야 한다. 단지 열심히 공부하는 것만으로는 부족하다. 취업 교육을 받는 그 순간부터 자신을 알리고, 또 고급 정보를 얻는 데 신경을 써야 한다.

수업 시간에는 강사와 눈 맞추는 것을 두려워하지 말아야 한다. 적극적인 질문으로 의욕적으로 공부하고 있음을 보여 주자. 조금 어색한 관계가 풀어질 때쯤 수업 시간 전후로 대화를 나누는 시간을 갖는 것도 중요하다. 공부나 취업에 대한 얘기 등 자연스러운 대화를 통해 취업에 대한 적극적인 의지를 보여 줘야 한다.

또한 수업 중이나 사람들 관계에서 요구되는 사소한 봉사 정도는 기쁜 마음으로 할 수 있어야 한다. 성실하면서도 이기적이지 않은 모습은 당신에 대한 좋은 인상을 남길 것이다. 이런 노력에 자존심 따위는 필요 없다.

## 옛날 친구, 현재 친구 모두 잡아라

당신이 목표로 하고 있는 분야와 조금이라도 관계가 있는 지인을

아 내 가   내 일 을   잡 았 다

찾아보는 것도 중요하다. 친구나 선후배도 상관없다. 오랫동안 연락을 하고 지내지 않았더라도 용기를 내어 전화를 걸고, 약속을 잡아라. 그들에게 당신이 어떤 일을 하고 싶은지, 또 어떤 공부를 하고 있는지 그리고 이를 위해 어떤 각오를 다지고 있는지에 대해 부지런히 알려라. 입소문이 나야 당신이라는 상품을 쳐다봐 주는 사람도 생기는 법이다.

"내가 이런 일에 관심이 많아서 요즘엔 공부도 하고 있어. 그런데 이 나이에 새로 시작한다는 게 아무래도 어려운 일이잖니. 그래서 너의 조언을 좀 들어 보려고. 내 멘토라고 생각하고 얘기 좀 해줘라."

"아르바이트라도 괜찮아, 현장에서 일을 배울 수 있는 기회라고 생각하니까. 혹시 내가 할 만한 일이 있으면 연락해 주겠니? 너 창피하지 않을 만큼 일할 자신은 있어."

오랜만에 만난 친구 혹은 선후배에게 취업 자리를 부탁하는 것은 물론 쉬운 일이 아니다. 더욱이 어렵게 입을 연다 해도, 당신의 얘기를 듣자마자 그 자리에서 귀가 번쩍 트이는 정보를 제공받거나, 일자리를 알아봐 주겠다는 희망적인 약속을 받기는 더욱 어렵다. 하지만 일에 대한 당신의 열정과 노력을 직접 들은 이상, 그들이 어떤 경로를 통해 설사 계약직의 사무 보조직이라 할지라도 일자리 정보를 들었을 때 당신을 떠올릴 수 있는 기회를 만든 것은 분명하다. 그러니 전화를 돌리고, 차 한 잔 마시러 기꺼이 외출할 만한 가치는 있다.

정말로 기회가 닿아 사무 보조나 아르바이트라도 일단 시작하게 되면, 거기서 또 인맥을 만들어 갈 수 있다. 작은 일도 성실하고 책임감 있게 해낸다면 당신에게 업무를 지시했던 직장 사람들에게 좋은 인상을 남길 것이다. 그리고 이는 계약직 사원으로 추천받는 기회로 이어질 것이다. 또 계약직 사원으로 일하면서 맺은 좋은 관계를 통해 더 나은 일자리 정보를 얻을 수도 있다. 일단 사회에 발을 들여놓고 '일'을 통해 만나는 모든 사람들은 노력에 따라 당신의 인맥에 기꺼이 들어올 수 있는 자원이다.

또한 취업을 목표로 당신과 같은 공부를 하고 있는 사람들과 적극적으로 친해질 것을 권한다. 그들은 비슷한 위치에서 같은 목표를 품고 있어도, 각자 처한 환경과 이력이 다르기 때문에 서로 다른 정보를 가지고 있다. 자연스럽게 다양한 정보를 공유할 수 있으니 취업을 준비하는 데 꼭 필요한 네트워크라고 할 수 있다.

하지만 이러한 네트워크가 무엇보다 중요한 이유는 서로 지지하고 격려해 주는 심리적 지원 때문이다. 내게 맞는 일자리를 찾는 과

아 내 가   내 일 을   잡 았 다

정에서만이 아니라, 취업 후 적응이라는 이름의 시련을 이겨 내는 과정에서 '나를 이해해 주는, 마음이 맞는 친구'는 그 무엇보다 소중한 '인맥'이다.


## 남편도 인맥이다

"당신은 뭐 하고 싶은 일 없어? 우리 부장님 와이프는 집에 있는 시간이 아깝다면서 마트에서 판매 사원을 시작했는데, 처음엔 얼마나 하겠냐고 기대도 안 했다고 하더라고. 그런데 판매를 잘했나 봐. 그래서 아예 한 매대를 대여하기로 계약을 해서 지금 꽤 잘 번대."


요즘 남편들은 하나같이 돈 버는 아내를 원한다고 한다. 능력 있는 아내가 집 안에만 갇혀 있는 모습이 안타까운 마음도 있겠지만, 함께 번다면 조금 더 여유 있는 미래를 계획할 수 있다는 게 보다 솔직한 심정일 것이다.

그러면서도 아내의 재취업을 물심양면으로 돕는 남편은 흔하지 않다. 아마도 무엇을 어떻게 도와야 할지 잘 모르기 때문일 것이다. 그렇다면 먼저 '인맥 찾기'부터 함께 머리를 맞대 보는 것은 어떨까? 남편이야말로 당신의 가장 가까운 인맥이라는 사실을 상기할 필요가 있다. 동창, 회사, 거래처 등 남편의 지인들 중에서 당신에게 적절한 정보와 조언을 줄 만한 사람들을 찾고 협조를 구해 보자.

그런데 아무리 한 이불을 덮고 사는 사이라지만, 말을 꺼내기가 생각만큼 쉽지는 않을 것이다. 부부 사이에도 자존심은 매우 민감한 문제니 말이다. 더군다나 고지식하고 주변머리 없는 남편이라면 "어떻게 와이프 취업 얘기를 꺼내냐!"며 대뜸 목청부터 높일지도 모른다. 그러니 남편과 얘기를 할 때도 전략을 세워야 한다. 단지 인맥 정보를 얻기 위해서가 아니다. 재취업을 위한 준비 과정에서, 또 훗날 취업이 된 후에도 남편의 지지와 협조는 당신에게 가장 필요한 것이다.

남편과 솔직한 대화를 나눌 수 있는 시간을 가져 보자. 취업을 하고자 하는 이유, 어떤 일을 하면 잘할 수 있는지에 대해 자연스럽게 대화를 나누고, 남편의 조언을 유도하라. 설사 처음엔 퉁명스런 대답이 나온다 하더라도 그 순간만큼은 남편이 사회 선배라는 점을 인정하고 경청할 필요가 있다. 그런 당신의 태도에 남편 역시 충실한 조언을 해주는 선배의 역할을 받아들이게 될 것이다.

아내를 취직시키겠다고 발 벗고 나서지는 못 해도, 아내가 도전할 만한 분야의 정보를 찾아 주고, 그 분야에 아는 사람이 있나 수소문해 보는 정도의 노력은 그리 부담스러운 일이 아니다. 남편의 도

아 내 가  내 일 을  잡 았 다

움으로 당신과 전화 통화를 하게 될 사람이나 당신을 위해 차 한 잔 마실 시간을 내어 줄 사람에게도 마찬가지다. 당장 취직을 부탁하는 것도 아니고, 단지 필요한 정보와 조언을 구하고 싶다는데 이를 부담스러워하고 거절할 사람은 많지 않다. 그러니 상대방이 면전에서 불편한 기색을 보일까 봐, 또는 미안해서 말을 꺼내기 주저할 필요는 없다.

# 변화의 시작,
# 아줌마 마인드를 버려라

취업을 위해 적극적으로 정보를 찾고 기회를 만들기 위해 부딪히다 보면, 당신의 희망 직업과 관계되거나 그러한 일을 소개해 줄 만한 사람들을 적어도 한 명은 만나게 된다. 물론 이들과의 만남이 곧 취업의 기회로 연결되는 것은 아니다. 그러나 짧은 한 번의 만남을 기회로 연결하기 위해서는 그 자리에서 '준비된 사람'임을 제대로 보여 줘야 한다.

# 새로운 이미지를 만들어 가자

나를 변화시키는 것도 남을 변화시키는 것만큼이나 어렵다. 하다 못해 다이어트를 하겠다거나 일찍 일어나겠다는 결심조차 3일을 넘기기 어렵다. 그런데 자신을 꼭 변화시켜야만 취업이 가능한 걸까? 변화시켜야 할 만큼 나는 사회와 동떨어져 있는 걸까? 제발 오해하지 말기를 바란다. 당신이 지금 잘못된 생활을 하고 있고, 그래서 그것을 수정해야만 취업을 할 수 있다는 얘기는 절대로 아니다.

취업을 하려는 이유는 개인마다 조금씩 다르겠지만, 누구나 사회라는 정글 속에서 자신의 가치를 높여 나가고 싶다는 욕구를 갖고 있다. 전업주부로서의 가치 실현과 커리어우먼으로서의 가치 실현은 그 과정과 방법이 서로 다르니, 목적에 적합하게 자신을 바꾸는 일은 지극히 당연한 과정이다.

새로운 이미지를 만든다는 것은 외모의 변화만을 의미하지 않는다. 가족의 건강과 아이들의 성적 혹은 좋은 학교의 진학, 남편의 승진만이 당신이 갖고 싶은 삶의 전부여서는 안 된다는 것이다. 이는 내 가족이 세상의 전부인 아줌마 마인드에서 벗어나는 것에서부터 시작해야 한다.

지금부터 당신의 장래 계획에서 잠시 아이와 남편을 제외시키고 생각해 보자. '나는 미래 어떤 모습의 여성이고 싶은가.' '그렇게 되기 위해 무엇을 어떻게 변화시켜야 할까.' 방향을 설정하는 것부터 쉽지 않을 것이다. 이럴 때는 마음속의 롤 모델을 설정하는 것도 하나의 방법이다. 자신이 닮고 싶은 사람의 경험과 고민, 그리고 미래의 희망과 계획을 통해 보다 구체적인 나의 이미지를 만들어 갈 수 있기 때문이다.

앞서 소개했던 조경회사 대표 한선영 씨는 바로 이런 방법을 통해 자신의 미래 모습을 그리고, 꿈의 지표로 삼았다.

"저는 정말 조안 리를 닮고 싶었어요. 그분의 자서전을 읽으면서 그분의 원칙, 어려움을 극복해 내는 자세, 누구보다 자기 자신에게 언제나 당당했던 태도를 배우려고 노력했죠. 꽃집에서 조경 회사로 규모가 커지면서 롤 모델도 더 많아졌어요. 고 정주영 현대그룹 회장도 그중 한 분이었지요. 가까이에서 직접 만날 수는 없었지만 이분들의 책을 읽으면서 제 미래의 꿈도 함께 커갔어요."

나보다 앞서 무언가를 이룩한 사람에게는 반드시 배울 점이 있는 법이다. 서점에 넘치고 넘치는 게 바로 성공한 사람들의 이야기들이다. 닮고 싶은 사람의 성공 스토리가 자신의 이야기가 될 수 있다는 꿈을 꿔보자. 꿈에 맞춰 나를 변화시켜 가는 일은 매우 즐거운 과

아 내 가   내 일 을   잡 았 다

정이다.

롤 모델이 반드시 사회적으로 대단한 성공을 이룬 사람일 필요는 없다. 내가 닮고 싶은 모습을 하나라도 가지고 있다면, 누구나 롤 모델이 될 수 있다. 혹시 자신에게는 롤 모델이 없다고 답답해하는 사람이 있는가? 그럴 필요는 없다. 전문 컨설턴트와 상담을 받거나 취업 설명회를 이용하여 목표를 만들어 가는 방법도 있다. 찾으면 길은 있다. 필요한 것은 부지런한 발품이다.

## 컨텐츠 편식에서 벗어나자

어렵게 시간을 내어 준 친구와의 약속. 이날의 만남은 겉으로야 옛 친구와 커피 한 잔 하는 거지만, 사실 면접과 크게 다를 바가 없다. 자신감 있는 태도를 보여 주되 세상물정 모르는 자만심으로 비춰져선 안 된다. 무엇보다 전업맘으로 생활하는 동안 당신의 관심이 오로지 '살림'에만 머물지 않았음을 보여 줘야 한다. 약속 장소에 나가기 전 지금 가장 화제가 되고 있는 사회적 이슈에 대한 자신의 생각을 머릿속에 정리해 나가면 어떨까. 토론이나 논쟁을 하라는 것이 아니다. 친구가 갑자기 꺼낸 예상치 못한 화제에 대해 "글

쎄, 난 잘 모르겠어."라며 대화의 맥을 끊는 대신, "나는 이렇게 생각해."라며 맞장구를 칠 수 있을 정도면 된다. 이는 친구에게 훨씬 좋은 인상을 남길 것이다.

인정하기 쉽지 않지만 전업맘으로 있다 보면 자기도 모르는 사이 '컨텐츠 편식'에 빠지기 쉽다. 어렵게 마련한 시간, 아줌마의 언어로 아줌마의 화제만 실컷 얘기하고 돌아온다면 아무리 재미있는 대화가 이어지더라도 당신은 그 친구에게 단지 '일하고 싶어하는 철없는 아줌마'로 남을 뿐이다.

아줌마를 무시한다고 기분 나빠하지 말자. 사람은 누구나 각자가 속한 사회에 맞는 언어 습관과 화제를 가지게 되고 옷차림을 하게 된다. 직장 생활을 오랫동안 해온 당신의 친구 혹은 선후배는 바로 그런 작은 차이를 통해 당신이 일할 준비가 되어 있는지 판단할 것이다. 아무리 친구라고 해도 일할 자세가 되어 있지 않다면 작은 일이라도 소개하기 꺼려지는 게 당연하다.

TV 드라마를 보는 사이사이 뉴스와 시사 교양 프로그램을 한두 개 챙겨 보는 것, 서점에 들러 베스트셀러 한 권을 사는 것, 신문 헤드라인을 훑어보는 정도의 투자는 당신의 변화를 위해 오늘 당장이라도 실천할 수 있는 작은 노력이지만 대단히 중요한 전략이기도 하다.

아 내 가  내 일 을  잡 았 다

# 아무 때나 아이 동반, 득보다 실이 많다

어색한 분위기를 바꾸는 데 효과적인 대화 소재 중 하나가 바로 '아이' 이야기다. 특히 상대방이 내 아이와 비슷한 또래를 키우고 있다면 금세 화기애애한 분위기로 대화를 이끌어 갈 수 있다. 하지만 만남의 목적이 '일'이라면 얘기는 달라진다. 아이 이야기로 친숙한 분위기를 조성하는 데 성공했다면, 바로 '일' 얘기로 전환시켜 대화가 지나치게 '육아'로만 흐르지 않도록 조심해야 한다.

전업맘들이 자신의 모든 시간과 업무를 아이 중심으로 짜는 것은 절대 이상한 일이 아니다. 그러나 사회는 '엄마'보다는 '여성'을 보다 능력 있는 인재로 보는 게 현실인 만큼, 일자리를 찾는 동안 당신의 사고도 변화해야만 한다.

특히 조심해야 할 것은 취업을 위해 마련한 약속 자리에 아이를 대동하면 안 된다는 것이다. 아이 때문에 대화에 집중할 수 없는 것은 물론이고, 정신없는 대화 끝에 상대방은 당신을 단지 '애 엄마'로 기억할 것이다. 기회라는 놈은 정말 사소한 실수의 틈도 놓치지 않고 빠져나갈 만큼 냉정하다는 것을 잊지 말자.

# 새로운 삶을
# 시작하는 당신이
# 꼭 알아야 할 4가지

취업은 단지 직업을 갖는 것만을 뜻하지 않는다.
일단 일을 시작하면 당신의 사고와
생활은 크게 달라진다.
당신의 인생 목표도 조금씩 수정될 것이다.
이런 큰 변화를 맞이하려는 지금
당신이 준비할 것은 두려움보다는 희망이며,
운보다는 노력이다.

# 첫 출근 전, 육아·가사 분담은 뻔뻔하게 요구하라

한번 떠나면 다시 돌아가기 어렵다는 것을 알면서도 많은 여성들이 스스로 직장을 떠나 가정으로 돌아가는 첫 번째 이유는 바로 '아이 문제'다. 그리고 다시 사회로 복귀하기 어려운 이유도 역시 '아이 문제'다. 아이 문제가 육아에서 보육 그리고 다시 교육으로 주제가 옮겨 가면 갈수록 일하는 엄마들의 고민도 그만큼 더 깊어진다. 그렇기 때문에 회사 화장실에서 모유를 짜며 쌓아 올린 커리어임에도, 아이의 '성적'을 이유로 퇴사를 선택하는 여성들이 적지 않은 것이다.

하지만 이는 대부분 아이 문제를 전적으로 '엄마'가 책임지는 가정 분위기 때문이다. 따라서 이 문제만큼은 일을 시작하기 전부터 남편의 역할과 책임에 대해 명확한 합의가 이루어져야 한다. 힘이 들고 시간이 걸려도 반드시 관철시켜야 한다. 그 이유는 아이와 관련된 문제야말로 당신이 사회에 복귀한다. 순간부터 따라다니는 숙제기 때문이다.

"거의 포기하다시피했던 취업이 결정된 순간, 남편에게 선언했죠. 육아는 도와주는 게 아니고 우리 둘의 일이니까 자발적으로 할 일을 찾아서 하라고요. 처음엔 알았다며 적극적으로 호응해 주던 남편이었지만, 제가 야근이 많아지면서 불만을 쏟아 내기 시작했어요. 그때나 지금이나 부부 싸움의 원인은 한 가지, 바로 아이들 문제예요. 그래도 저는 만족해요. 확실히 남편의 태도가 변했다는 것을 느끼니까요."

3년의 공백기 끝에 재취업에 성공, 이제 2년차 직장인이 된 한지연 씨(34세)는 재취업의 기회가 오자마자 육아 문제부터 해결하기 위해 부지런히 움직였다. 취업 우울증까지 경험했기에 야근이 많다는 것을 알면서도 절대로 포기하고 싶지 않았던 것이다.

아이들이 너무 어려 결국 친정어머니를 대안으로 생각할 수밖에 없었던 지연 씨는 취업과 동시에 친정집 바로 아래층으로 이사를 갔다. 남편과 자신이 출근한 동안은 친정어머니가 봐주시기로 했지만, 연로한 어머니에게만 맡겨 둘 수 없었기에 퇴근 시간 후에는 되도록 남편과 자신이 책임진다는 원칙을 정했다.

아내의 취업을 적극 지지했던 남편은 기꺼이 자기보다 야근이 많은 아내 대신 퇴근 후 아이를 돌보았지만, 시간이 흐를수록 불만이 쌓여 갔다. 특히 주말에도 출근해야 할 때면 남편과의 싸움은 통과 의례였다.

"직장에 적응하는 것만으로도 죽을 만큼 힘든데 남편과 크게 싸우고 나면 정말 기운이 쏙 빠져요. 그래도 육아와 가사 문제는 초지일관, 처음에 합의한 원칙을 고집했어요. 정말 뻔뻔할 만큼 당당하게 요구했던 것 같아요. 남편이 당연히 해야 할 일이라는 생각도 있었지만, 무엇보다 직장에서 적응할 때까지만큼은 육아 부담을 줄여야 했으니까요."

그녀는 아직도 육아보다는 일에 더 시간을 쏟고 있다. 하루 빨리 회사에서 안정적으로 자리 잡기 위해서 가족에게 미안한 마음은 잠시 접어 두기로 했다.

가사와 육아에서 남편의 도움을 받기란 쉬운 일이 아니다. 7년간의 전업맘 생활을 접고 지인의 소개로 취업을 하게 된 윤정은 씨(42세)는 양육 문제를 사전에 명확히 해결하지 못해, 사표를 내야 할 상황에까지 내몰렸던 경험을 갖고 있다. 다시 일을 시작하는 것은 찬성하면서도 육아와 살림 분담은 받아들이지 않았던 남편에게 애초부터 적극적인 협조를 기대하긴 어려웠던 것이다.

"집안일은 절대 자신의 일이 아니라고 생각하는 사람이었고, 출근과 동시에 남편과의 싸움을 선택하고 싶지도 않았어요. 그렇다고 친정어머니한테 부탁하고 싶지도 않았어요. 딸 둔 게 무슨 죄인도 아니고, 너무 미안해서 말도 꺼내고 싶지 않았거든요. 아이들이 초등학교를 다닐 만큼 컸으니 제가 조금 더 부지런하면 큰 문제는 없을 거라고 생각했죠."

그러나 상황은 생각만큼 쉽지 않았다. 경력 공백기만큼 더 많은 시간을 투자해야 다른 동료들과 비슷한 수준이 된다는 것을 알면서도, 퇴근 시간이 되면 아이들 저녁과 숙제를 챙기고 밀린 가사를 해결하기 위해 집으로 가야 했다. 결국엔 남편과 아이들이 모두 잠든 늦은 밤 회사 일을 꺼내 들기 일쑤였다. 하지만 업무 능력은 향상되지 않았다. 두 가지 일을 병행하다 보니 체력이 딸리고 그러니 집중이 잘될 리가 없었다.

직장에서 인정받지 못하는 시간이 길어질수록 마음은 더 조급해지고, 정은 씨의 머릿속은 직장 일과 가정 일이 뒤죽박죽 섞이기 시

아 내 가  내 일 을  잡 았 다

작했다. 결국 몸과 마음이 지친 정은 씨는 병원에 입원하고 말았다.

"잘해 보자는 의욕만 앞섰지 현명하지는 못했던 거죠. 일에 적응하고 살아남기 위해서는 철저한 노력이 필요한데 저는 일과 가정 어느 한 곳에도 집중하지 못했으니 무슨 성과가 있었겠어요."

병원에 다녀온 후 정은 씨는 생각을 바꿨다. 육아와 가사 부담을 줄일 방법을 찾던 그녀는 친정어머니의 도움을 받기로 했다. 어느 날 갑자기 남편의 변화를 기대할 수는 없으니, 일단 친정어머니의 도움을 감사히 받되 일에 전념함으로써 직장에 빨리 적응하기로 한 것이었다. 늦게까지 남아서 일을 하는 날이 많아졌지만 조금씩 성과가 보이기 시작했다. 이에 따라 직장에서 그녀를 보는 눈이 달라져 갔다. 그녀는 시간이 지나면서 한층 더 안정된 분위기에서 일을 해냈고 유능한 직원으로 인정받게 되었다.

직장에서의 변화로 자신감을 갖게 된 그녀를 보며 남편도 사회 활동을 하는 아내를 인정하고, 청소를 돕는 등 작은 변화를 보이기 시작했다. 여전히 친정어머니의 도움을 받고 있는 것이 마음 아프지만 정은 씨는 일을 포기하지 않으려 한다. 그러는 사이 아이들은 스스로 자신의 일을 챙길 것이고, 남편도 점차 달라질 것이라고 믿고 있다.

누군가는 지연 씨와 정은 씨를 독한 여자라며 뒤에서 쑥덕거릴지도 모르지만 그녀들의 선택은 현명했다고 본다. 그들은 아이나 가정이 중요하지 않아서가 아니라 자신이 해야 할 일의 우선순위를 정해 그대로 실행하고 있기 때문이다. 직장에 빨리 적응해야 보다 안정적으로 일할 수 있고, 그래야 일과 가정의 균형을 유지하기도 그만큼 쉬워진다.

하나도 제대로 하기 힘든 육아와 일을 병행하며 승진까지 하는 여성들의 비결은 바로 우선순위를 정하고 흔들림 없이 이 원칙을 지키는 것이다. L전자 연구소 책임 연구원인 A 씨도 육아 문제로 많은 고민을 했었다. 아이를 돌봐 줄 사람을 구하지 못해 멀리 떨어진 친정집에 아이를 맡기고 일주일에 한 번 보러 가야 했고, 유치원에서 엄마 얼굴을 그리라고 하자 엄마가 아닌 할머니를 그리는 아이를 보며 눈물을 흘리기도 했다. 하지만 지금 아이는 이제 일하는 엄마가 자랑스럽다며 엄마와 대화 나누는 것을 좋아할 만큼 훌쩍 컸다.

"아이와 함께 보내는 시간이 많아야지만 '좋은 엄마'인 것은 아니라고 생각해요. 회사에서 인정받는 엄마의 모습도 좋은 부모의 역할이 될 수 있거든요."

그냥 조금 일하다가 그만둘 마음으로 취업을 생각하는 게 아니라면, 적어도 당신은 세상의 모든 엄마가 다 같은 모습일 수 없으며, 일과 살림 그리고 육아 모두를 잘해 낼 수 없다는 사실을 받아들여야 한다. 당신이 취업을 준비하는 동안 그리고 취업에 성공해 회사 생활에 적응하는 동안 받을 수 있는 도움은 전부 받도록 하자. 무엇보다 남편의 변화를 당당하게 요구하고 변화를 이끌어 내야 한다. 뻔뻔해진 만큼 당신의 직장 생활은 조금 더 수월해질 것이다.

# 첫 직장 선택 전,
# 5년 후 블루칩을 따져 보라

뭐든지 첫 선택에는 큰 기대가 따르기 마련이다. 마치 그 한 번의 선택이 마지막인 것처럼 이것저것 조건을 따지게 되고, 그러다 진짜 기회를 놓치곤 한다. 전업주부들이 집을 벗어나 일을 갖겠다고 선언하면 많은 사람들의 관심이 집중된다. 그리하여 "어디 들어갔대?" "무슨 일 한대?" "얼마 번대?"라는 질문에서부터 "기술직? 공장에서 일하는 거네." "아니, 그거 벌자고 아이까지 나 몰라라 하고. 아휴, 집에 있는 게 남는 거지."라는 김 빼는 소리까지 온갖 말들이 오고 간다.

하지만 이런 주변의 반응은 그다지 정확한 정보에 근거한 것도 아니며, 당신에게 하등의 도움도 주지 않으니 무시하는 편이 옳다.

아 내 가   내 일 을   잡 았 다

자칫 이런 뒷말이 신경 쓰여 겉으로만 그럴 듯한 직장을 냉큼 선택해 채 1년도 되지 않아 다른 직장을 알아보거나, 혹은 자격증 숫자만 늘리며 취업 준비만 하고 있는 것이 더 어리석은 행동이기 때문이다.

여기 주변 시선에 아랑곳 않고 자신의 길에 매진하여 행복한 제2의 인생을 살고 있는 사람이 있다.

"단지 재취업 여성이라는 것만으로도 구직 활동이 어렵더라고요. 지원할 만한 분야 자체도 적었고요. 그래서 생각했죠. 조금 더 장래성 있으면서 주부라는 사실이 채용에 장애가 되지 않는 일이 무엇일까. 그렇게 고민하고 정보를 수집한 끝에 찾아낸 직업이 바로 품질 관리원이에요. 사실 이 일을 처음 시작했을 때는 주위 반응 때문에 하루에도 몇 번씩 포기할까 하는 생각도 들었지만, 그 사람들이 제 인생을 대신 살아 주는 것도 아니잖아요. 그리고 무엇보다 나중에 후회하고 싶지 않았어요."

대부분의 여성들이 꺼리는 기술직에 취업한 이선영 씨(34세)는 현재 중소기업에서 품질 관리원으로 일하고 있다. 선영 씨가 하는 일은 공장에서 생산된 제품이 시장에 출시되기 전 합격과 불합격 여부를 판단하는 기술적인 업무부터 제품 납기일 조정, 각종 서류 작성 등 매우 다양하다.

선영 씨는 사실 대학에서 인문학을 전공했다. 대부분의 여성들이 그렇듯 졸업과 함께 일반 회사에서 사무직으로 근무하다가 결혼 후 비전을 찾지 못해 스스로 그만둔 경우다. 다시 구직을 마음먹은 것은 그로부터 2년 반 정도가 지나서였다. 처음 재취업 활동을 시작했을 때만 해도 그녀는 재취업이 그렇게 어려울 것이라고는 생각지 못했다. 하지만 현실은 면접의 기회조차 갖기 힘들었다. 그렇다고 흥미도 비전도 없는 곳에 '묻지마 취업'을 하고 싶지도 않았기 때문에 고민도 그만큼 깊어졌다.

재취업을 생각하면서부터 선영 씨는 길거리의 구인 공고조차 그냥 지나치지 않았다. 집 주변에 산업 단지가 있어서 쉽게 구인 공고를 접할 수 있었던 그녀는 생각보다 다양한 직종이 있다는 것을 깨달았다. 그리고 이를 통해 '품질 관리원'이라는 직업에 대해서 알게 되었다.

처음에는 생산 현장에서 일을 해야 한다는 점이 낯설게도 느껴졌지만, 직업에 대해 자세히 알아보고 나서는 생각이 달라졌다. 품질 관리의 기술적 업무는 자동화 시스템이 도입되어 있어 작업 환경이 깨끗했다. 그리고 꼼꼼한 기술과 섬세함을 필요로 하는 서류 업무 등은 자신의 적성과도 잘 맞았다. 선영 씨는 곧바로 지역의 여성

아 내 가  내 일 을  잡 았 다

취업훈련기관을 찾았고, 교육 수료 후 소개를 통해 취업을 할 수 있었다.

"이 일이 정말 좋은 이유는 바로 도전욕을 자극한다는 점이에요. 겉으로 봤을 때는 정해진 업무를 반복적으로 하는 것 같지만, 그 안에서 제가 주도적으로 해결해 나가는 일들이 많죠."

실제로 최근 생산 현장에서는 품질 관리 업무에 여성을 선호하고 있다. 업무 성격이 여성에게 잘 맞는다는 특징도 있지만, 무엇보다 제품 관리에 문제가 발생하였을 때 여성 특유의 부드러움이 부서 간이나 타 업체와의 조정 회의에서 긍정적인 작용을 하기 때문이다.

"잘 살펴보면 여성들이 도전할 만한 직업은 꽤 많아요. 하지만 똑같은 자리에 있어도 내가 본 정보를 다른 주부들은 보지 못하는 경우가 많아요. 그건 그만큼 관심이 적고 좋아 보이는 것만 찾기 때문이에요. 일자리는 말로만 구해지는 건 아니잖아요. 기술직이니 사무직이니 하는 게 기준이 될 순 없다고 생각해요. 중요한 것은 내게 맞는지, 오래할 수 있는지니까요."

기술직이 여성들에게 높은 점수를 받지 못하는 가장 큰 이유는 선입견 때문이다. 지저분한 공장과 기름때, 깨끗하지 못한 근무 환경과 작업복 등은 여성뿐만 아니라 남성들도 기피하는 게 현실이다.

그러나 최근 많은 생산 현장에서 작업 환경의 개선 움직임이 일어나고 있다. 우선 자동화 시스템이 도입되면서 손 기술이 아닌 기계를 다루는 업무가 많아졌다. 힘을 쓸 일도 그만큼 사라졌다. 이러한 환경 변화는 여성들이 도전할 만한 직업의 세계를 한층 더 넓혀주었다.

자동차 검사소에서 검사원으로 일하고 있는 50대 초반의 이정자 씨도 여성들이 기피하는 직업에 도전해 취업에 성공한 사례다. 대학에 다니는 자녀가 있는 정자 씨는 보다 보람 있는 삶을 살고 싶다는 생각에 인터넷을 통해 다양한 공부를 시작했다. 그중 하나로 그녀는 자동차에 대해 혼자 공부를 해왔다. 6개월 과정의 직업전문학교를 다니며 자동차 정비 기능사, 검사 기능사 자격증을 취득하였다. 이에 만족하지 않고 다시 기능 대학에 진학해 2년 동안 공부를 하며 검사 산업기사, 정비 산업기사 자격증을 따는 등 실력 향상을 위해 노력하였다.

아 내 가   내 일 을   잡 았 다

"이 일을 하는 여성도 드물지만, 이 나이에 시작하는 사람도 드물죠. 그래서 오히려 덕을 본 게 아닌가 싶어요. 교수님들도 예뻐해 주시고, 나이 어린 친구들한테 부끄럽지 않으려고 공부도 열심히 하게 되더군요."

기계를 작동하는 일이 대부분이라고 하지만, 그래도 힘을 이용한 일이 적지 않아 체력적 부담이 아예 없는 것은 아니었다. 그럼에도 '기능'을 필요로 하는 일이 그렇듯 경력이 쌓일수록 안정된 보수와 대우를 받을 수 있다는 장점이 있고, 무엇보다 실력 하나로 진입하여 성장해 나갈 수 있다는 게 기술직의 가장 큰 장점이다.

직업을 선택할 때는 참 많은 것들을 고려해야 한다. 연봉, 적성, 근무 시간, 사회적 평가 등 어느 것 하나 중요하지 않은 것이 없다. 그러나 여기에 반드시 덧붙여야 할 중요한 조건이 있으니 '장래성', 바로 '비전'이다.

몇 년 후면 시들해질 직업에 진입하기 위해 밤낮없이 공부하며 뛰어다닐 필요는 없다. 오히려 지금은 선입견과 편견으로 사회적 평가가 그다지 높지 않은 업종일지라도 5년 후, 10년 후에는 인정받는 직업이 될 가능성이 매우 높다.

지금 다른 사람들이 주변의 시선으로 주춤하고 있는 사이, 당신이 한발 앞서 진입한다면 블루칩을 쥘 수 있다. 앞을 향해 나아가는 사람에게 선입견은 방해물일 뿐이다.

# 처음 맞는 고비에서,
# 사표는 절대 쓰지 마라

"얼마 전 저희 회사에서 저와 같은 경력 단절 여성을 채용한 적이 있어요. 그런데 이 직원이 6개월 만에 사표를 제출하는 거예요. 야근과 특근이 많아서 시아버지가 반대한다면서요. 저는 선배로서 그 직원을 불러 한 시간을 설득했어요. 그런데 별 고민도 않고 그만두 겠다고 하더군요. 그래서 그 친구에게 말해 줬어요. 당신 같은 사람 때문에 주부들이 취업하기 어려운 거라고요. 주부들은 돈 버는 남 편이 있어서 쉽게 그만두기도 하고 책임감이 없다고 생각하기 때문 에 기업이 채용을 꺼리는 거라고요."

한 대형 학원의 학원사업본부 대리로 근무 중인 홍수영 씨(33세) 가 이렇게 흥분하는 이유는 전업주부들의 사회 복귀와 정착이 얼마나 힘든지, 경험을 통해 알고 있기 때문이다. 올해로 재취업 3년차를 맞는 그녀는 그동안 한 번의 전직을 거쳐 자신의 적성을 발휘할 수 있는 일을 찾고 연봉을 올리는 데도 성공했다. 이런 그녀가 언제 어디서든 '직장 생활이 너무 힘들다, 어찌해야 할지 모르겠다.'는 취업맘을 만나면 항상 하는 말이 있다. "홍수영 만큼만 하면 된다." 이는 지난 3년 동안 결코 쉽지 않았던 고비를 잘 넘겨온 것에 대한 자부심의 표현이기도 하다.

수영 씨는 2년 6개월 동안의 전업주부 생활을 접고 다시 사회로 복귀했던 그날의 감동을 지금도 잊지 않고 있다. 하지만 그날 이후 2년여 시간 동안의 적응 과정은 정말로 치열했다. 순전히 과 친구의 소개로 잡지사 기자로 재취업할 수 있었던 수영 씨. 정식 기자도 아닌 객원 기자로 계약한 탓에 월급도 다른 기자의 절반 수준이었지만 '이 회사에서 편집장까지 해보자.'는 목표를 세울 만큼 기대가 컸다. 하지만 직장 생활은 생각보다 매운 시집살이 바로 그것이었다.

"출근한 첫날 원고지 두 매짜리 단신을 쓰는 데 꼬박 하루가 걸렸어요. 고치고 또 고치고 편집장의 신랄한 지적에 눈물을 꾹 참고 고쳐 썼는데 나중에 자리가 없다며 그 기사를 빼더라고요. 그날 퇴근하

아 내 가  내 일 을  잡 았 다

면서 '내일 출근하지 말까.' 하는 생각이 들더군요."

하지만 수영 씨는 정식 기자가 되어 자기 분량의 지면을 당당히
확보할 때까지 그만두지 않았다. 2년 동안 하루에도 몇 번씩 사표를
내던지는 상상을 하면서도 행동으로 옮기지 않은 이유는, 물론 일
이 재미있기도 했지만 무엇보다 그만두면 갈 곳이 없다는 현실 때
문이었다.

기사 쓰는 속도가 늦어 제일 늦게까지 사무실을 지켜야 했고, 선
배들이 꺼리는 주말 취재를 도맡아 했다. 그렇지만 수영 씨는 언제
나 씩씩하고 성실하게 맡은 일을 해냈다. 아이 때문에, 혹은 집안일
때문에 곤란하다며 일을 줄여 달라는 부탁도 하지 않았다. 조금의
융통성도 스스로에게 허락하지 않을 만큼 고집스럽게 지킨 원칙은
바로 '성실함'이었다. 그리고 그 성실함은 차츰 그녀의 실력이 되어
쌓여 갔고, 기자로서의 네트워크도 만들어 갈 수 있었다.

2년의 시간 동안 기자로 활동하면서 수영 씨는 조직과 사회라는
곳에 자연스럽게 적응해 있는 자신을 발견할 수 있었다. 동시에 자
신의 재능을 발휘할 수 있는 방법에 대해 생각할 만큼 여유도 생겼
다. 그리고 마침내 자신의 능력만으로 원하는 직장을 선택하여 옮
길 수 있었다. 이전 잡지사보다 규모와 재정 면에서 훨씬 크고 튼튼

한 회사에 다니게 된 수영 씨는 큰 조직에서도 겁먹지 않았다. 힘든 신고식을 치렀기 때문에 어떤 일도 감당할 자신이 있었다. 그녀의 성실함은 프로페셔널한 직장인이 갖춰야 할 기본 소양으로서 어느 곳에서나 통하는 덕목이었기 때문이다. 새 직장의 동료들이 그녀가 아이 둘의 엄마라는 것을 전혀 눈치 채지 못할 만큼 직장에서는 철저하게 일에 올인하였다. 그런 노력 덕분에 지금의 직장에 적응하는 데는 이전에 비해 절반의 시간도 걸리지 않았다.

"그동안 솔직히 '버틴다.'고 생각하면서 일해 왔어요. 하지만 요새는 제 분야에서 진짜 전문가로 인정받기 위한 구체적인 '커리어 맵'을 고민 중이죠. 직장이 아닌 평생 직업을 찾기 위해 무슨 공부를 어떻게 해야 할지 이제 조금 보이는 것 같아요. 지금부터는 경력 관리에 집중할 계획이에요. 지금 여기에 오기까지 꼬박 3년이 걸린 셈이네요."

수영 씨는 현재 회사 내에서 업무에 대한 전문성 강화와 승진을 목표로 하고 있다. 이를 위해 필요한 직무 교육을 신청한 상태다. 그녀의 경력 관리 계획에는 연봉 상승도 포함되어 있다. 3년 전 일을 시작했을 때 '돈'은 그다지 중요한 문제가 아니었지만, 일에 자신이 붙은 지금은 '연봉'에 대해서도 당당히 욕심을 내도 된다는 생각 때문이다.

사실 사회생활이라는 것이, 드라마나 소설에서처럼 멋지고 화려하지만은 않다. 다 알고 있는 사실일지라도 잠깐 사회와 떨어져 있는 사이, 당신의 머릿속에서 사회란 곳은 아름답게 미화되고 환상적으로 그려지게 된다. 그리고 이로 인해 '무슨 일이 있더라도 끝까지 버텨 내야지, 내가 어떻게 이 자리에 왔는데.'란 굳은 다짐이 현실의 냉혹함과 어려움에 쉬이 무너지고 만다. 설령 당신이 환상을 품고 있지 않다고 해도, 일단 사회에 발을 들여놓았다면, 무조건 '버티기', 절대 '인내'를 가슴에 새기기 바란다.


10년 전업주부 생활을 접고 헤드헌터로 재취업에 뛰어든 유승희 씨(43세). 취업 1년 6개월 만에 60여 명의 헤드헌터 중 실적 8위라는 성과를 내며 그 능력을 인정받고 있는 커리어우먼이다. 그녀는 자신의 성공적인 사회 복귀의 비법을 '끈기'와 '성실함'이라고 말한다. 이를 바탕으로 재취업 초기의 힘든 시간을 극복해 낼 수 있었고, 자신의 능력을 증명하는 기회로 활용할 수 있었다는 것이다.

처음 일을 시작할 수 있었던 것은 친구의 도움이라는 '운'이 작용했지만, 직장에서 밀려나지 않는 것은 온전히 자신의 행동 여하란 것을 알았기 때문에 어떻게든 성공적으로 안착해야 한다는 부담감도 있었다. 일도 일이지만 조직 문화에 적응하는 것은 더 어려웠다. 상하 관계, 수평 관계에 익숙해져야 할 뿐 아니라, 성과 달성 자체가 경쟁적 관계 속에서 이루어지기 때문에 서로 긴장을 유지함과 동시에 상부상조해야 했다. 그런 사내 분위기에 적응하는 데 많은 인내와 시간을 필요로 했다.

"헤드헌터는 기업이 원하는 인재를 찾아서 연결해 주는 일을 하죠. 그런데 기업이 저를 통해 인재를 채용하게 하려면 당연히 기업 인사 담당자들에게 '유승희'라는 상품을 잘 홍보해야 하잖아요. 하지만 전업주부로 10년이나 집에만 있었고, 워낙 낯가림이 심한 성격이라 그걸 잘 못하는 거예요. 당연히 실적이 좋을 리 없었고, 회사에서 상사나 동료들 보기 민망하다 못해 자존심도 무척 상했어요. 급여도 실적에 따른 인센티브제라 경제적으로도 좋지 않았어요. 정말 그만두고 싶을 때가 한두 번이 아니었죠. 하지만 그때마다 지금 관두면 다시는 기회가 없다고 되새겼죠. 결국 고민 끝에 찾은 방법은 하나였어요. 어떠한 상황에서도 사표는 내지 않으며, 늦더라도 성실함으로 부족함을 메워 가는 것. 이것뿐이었죠."

그녀는 단 한 건의 의뢰를 맡았을 때도 '자신이 여기까지라고 여긴 순간에도 경쟁자는 일하고 있다.'는 생각으로 더 이상 할 일이 없다는 판단이 설 때까지 일을 했다. 이런 모습을 본 기업의 인사 담당

아 내 가    내 일 을    잡 았 다

자들은 그녀가 주부라고 쉽게 포기하지 않으며 맡은 일에 최선을 다하는 사람이란 것을 인정하게 되었고, 그 신뢰를 바탕으로 일을 의뢰하기 시작했다.

"헤드헌팅이란 이런 것이구나라고 깨닫기까지 1년이 넘게 걸린 것 같아요. 그동안 숱한 마음의 고비를 넘길 수 있었던 것은 회사에서 저를 지지해 주는 사람이 있었기 때문이에요. 팀장님이 바로 정서적 지지자였는데요. 성과도 없이 위축되어 있을 때 '괜찮다, 나도 처음엔 그랬다.'며 격려해 주셨거든요. 성과를 관리하는 팀장의 입장에서 쉽지 않았을 텐데 어떻게 가능했을까 한번 여쭤 본 적이 있어요. 그랬더니 팀장님이 '자네처럼 열심히 하면 해내는 것은 단지 시간 문제니 조금 기다리는 건 그리 어려운 일이 아니네.'라고 하시더라고요."

새로운 환경에서 성공적으로 버텨 내기 위해 적응은 필수 조건이다. 그런데 이 적응이란 것은 반드시 일정한 시간을 필요로 하며, 누구도 공짜로 얻을 수 없는 아주 정직한 과정이다. 사실 전업주부들이 취업이든 창업이든 적극적인 선택을 주저하는 마음속에는 바로 적응 기간에 대한 두려움이 웅크리고 있다. 하지만 사춘기의 성장통과 같이 꼭 겪어야만 하는 통과 의례라면 눈 딱 감고 버텨 내면 그

만이다. 처음 1년을 버티면 2년을 참을 수 있고, 5년 후 10년 후에
도 당신의 자리에서 주도적으로 일할 수 있는 일터를 가질 수 있다.

아 내 가   내 일 을   잡 았 다

# 첫 출발 후,
# 끊임없이 눈높이를 올려라

　직업훈련기관에서 교육을 받고 취업을 했든, 지인의 소개로 취업을 했든, 새로 배운 기술을 토대로 아이디어형 창업을 했든 일단 사회로 진입했다는 것만으로도 축하하고 격려할 일이다. 하지만 직업을 계속 유지하기 위해서는 끊임없는 노력이 필요하며 진짜 시작은 지금부터라는 사실을 절대로 잊어서는 안 된다. 첫 출발점에 선 순간부터 1년 후, 5년 후의 당신을 준비하기 위해 정보를 수집하고, 공부를 하고, 인맥을 만들어야 한다.

　구직 활동을 하면서 많은 전업주부들이 깨닫는 사실 중 하나가 바로 눈높이를 낮춰야만 취업이 가능하다는 것이다. 그러니 취업에 성공한 후에는 부지런히 노력해서 당신의 진짜 눈높이에 맞는 자리로 이동해야 하지 않겠는가. 게다가 직장과 직업, 연봉에 대한 눈높이는 당신이 하기에 따라 얼마든지 높일 수 있다. 단, 이와 같은 목표를 현실로 이루기 위해서는 단지 맡은 일을 열심히 하는 것 외에도 직무 관련 전문 교육을 받거나 야간 대학원에 진학하는 등 적극적인 투자가 필요하다.

서비스 · 제조 분야 중견 기업 마케팅 담당 부장으로 재직 중인 서수진 씨(44세)는 어느새 재취업 14년차에 접어든 커리어우먼이다. 30살 무렵 선배의 도움으로 패션 업체 홍보실의 사보 담당 직원으로 입사한 후 수진 씨는 직무 전환을 위해 많은 시간과 노력을 기울였다. 그곳에서 그녀가 맡은 첫 업무는 매월 사내 소식과 원고를 정리하는 일이었다. 2년의 적응 기간을 거친 후 수진 씨는 대외 광고와 매출 관리를 담당하는 마케팅 업무에 도전하고 싶었다. 하지만 사보팀 경력만으로 직무 이동을 요청하기란 쉽지 않으며, 받아들여지기도 어렵다는 것을 알았다. 수진 씨는 곧 직장인 교육 기관을 통해 마케팅 교육을 받으며 기회를 노렸다. 물론 이런 노력을 상사에게 넌지시 알리는 것도 잊지 않았다.

때마침 광고와 홍보 업무를 통합하는 조직 개편이 있었고, 수진 씨는 자연스럽게 광고 업무를 담당할 수 있게 되었다. 광고 대행사와 제작 회의를 하고 광고와 매출의 연관 관계에 대해 분석하는 일

아 내 가  내 일 을  잡 았 다

은 사보 업무보다 훨씬 흥분되고 그녀의 적성에도 잘 맞았다.

"당시 마케팅 부서의 사람들 중에는 유학파와 석사들이 있었어요.
전문 용어 정도는 시간이 지나니 다 알아들을 수 있었고 현장에서
배울 수 있는 지식도 많았지만, 역시 전문력은 공부에서 나온다는
걸 깨달았어요. 그래서 야간 대학원에서 광고마케팅 과정을 공부하
기로 결심했지요."

주경야독 생활은 생각보다 고됐다. 대학원에 다닌다고 회사에서
일을 줄여 주는 것도 아니니 업무가 폭주하는 시기에는 12시 귀가
가 일상이었다. 가사는 아예 포기할 수밖에 없었고 이 과정에서 친
정어머니의 도움으로도 부족해 도우미를 고용해야만 했다. 이런 노
력 끝에 마침내 석사 학위를 취득했고, 그녀는 '실무'와 '학위'라는
두 가지 경력을 갖게 되었다. 이후 한 번 더 직장을 옮긴 수진 씨는
지금 회사에서 광고마케팅 부서의 책임자로서 그 능력을 인정받고
있다.

"당시 사보 업무는 야근도 많지 않고 나름 재미있었지만, 회사의 핵
심 업무가 아니라서 승진 기회도 그만큼 없었어요. 더욱이 부서 통
합 후 회사는 예산 절감 차원에서 사보 업무를 외부 대행사로 넘겼

어요. 그때까지 아무 준비 없이 있었다면 또 실직했을지도 몰라요. 일과 가사, 육아 그리고 공부까지 하느라 힘들어 죽겠는데, 주변에서는 욕심 좀 작작 부리라며 못마땅해하고, 그럴 땐 왜 이렇게 살아야 하나 회의가 들기도 했지만 결국 제 판단이 옳았던 거죠. 재취업을 결심했을 때 제 목표는 몇 년 일하다 마는 것이 아니라 평생 직업을 갖는 것이었어요. 제게 투자하지 않았다면 저는 지금 이 자리에 있을 수 없었을 거예요."

영어 학원 강사로 일하고 있는 여순영 씨(42세)도 끊임없는 자기 계발을 통해 안정적인 일자리를 찾게 된 사례다. 순영 씨는 5년 전 유아들에게 영어를 가르치는 학습지 교사로 출발했다. 유아용 영어라서 아주 수준 높은 영어 실력이 필요한 것도 아니었고, 집 근처에서 일할 수 있다는 것도 마음에 들었다. 그러나 교육에 대한 책임 못지않게 영업 관리도 중요한 탓에 시간이 지날수록 보람보다는 고단함이 더 컸다.

"같이 일을 시작했던 동료들이 1년도 못 버티고 그만두더라고요. 그 친구들을 보며 저도 언젠가 사표를 낼 것 같은 생각이 들었어요. 그래서 영어 공부에 더 많은 시간을 투자했어요. 영어 실력이 더 나아지면 길이 보일 것 같았거든요."

아 내 가   내 일 을   잡 았 다

이동 시간뿐만 아니라 퇴근 후의 시간을 이용해 특히 회화 실력을 키우는 데 집중했다. 그리고 3년 후 순영 씨는 영어 실력과 학습지 교사 경력을 살려 영어 학원의 초등부 영어 강사로 직장을 옮길 수 있었다. 학습지 교사처럼 이동하며 일하는 것이 아니니 몸도 덜 피곤하고, 훨씬 보람도 컸다. 실력 있는 강사들과 어울리다 보니 영어 실력도 향상되었다. 무엇보다 조금씩 더 큰 목표를 향해 매진할 수 있는 점이 가장 만족스러웠다.

> "지금도 공부는 계속하고 있어요. 실력이 늘면 자신감이 커지고, 그만큼 당당하게 일할 수 있으니까요. 요즘에 와서야 저 스스로 커리어우먼이라고 생각하게 되었어요. 생각이 바뀌니까 일이 아무리 힘들어도 그만두고 싶다는 생각은 안 들더라고요. 지금보다 더 실력 있는 전문 강사가 될 때까지 도전해 볼 생각입니다."

창업을 한 사람도 끊임없이 공부해 전문가가 되어야만 성장할 수 있다는 점에서 취업을 한 사람들과 별반 다를 것이 없다. 〈다모〉, 〈대장금〉, 〈주몽〉, 〈이산〉, 〈왕과 나〉 등 굵직한 사극 드라마의 의상 제작과 협찬을 담당하고 있는 J사 대표 배영주 씨는 '평생 공부'라는 원칙으로 전업주부 16년 공백을 메워 가고 있는 노력파 여성이다. 그녀는 6년 만에 회사를 전통 문화 관련 콘텐츠 개발과 문화 컨설팅, 전통 한복 브랜드 런칭 등 문화 마케팅 회사로 성장시켰다. 원동력은 바로 그녀의 '배우고 준비하는 자세'였다.

전통 복식 전문가인 동생에게서 배우는 것으로는 부족했던 그녀는 대한민국 미술대전 수상 미술가들을 직접 찾아다니며 전문적으로 미술을 배웠다. 또한 마케팅 공부뿐 아니라, 문화계에 대한 이해와 감각을 얻기 위해 스스로 배울 곳을 찾아다니며 공부했다. 늦게 시작한 만큼 그녀는 남들보다 배의 노력을 해야 한다는 것을 알고 있었고 이를 실천했다.

"그냥 한복을 만들어 파는 것에 만족했다면 그렇게까지 열심히 공부하지도 않았을 것이고, 지금의 회사도 없었을 거예요. 처음 시작했을 때는 일단 한번 해보자는 마음이 다였는데, 열심히 노력하는 사이 어느덧 이 분야 전문가가 되어 있었고, 전문가가 되고 나니 제가 할 수 있는 일도 많아지고, 기회도 더 자주 찾아오더군요."

주변을 둘러보면 직장 생활을 10년이나 하면서도, 같은 직무만 반복하며 말단 직원 자리를 지키고 있는 여성들을 어렵지 않게 볼 수 있다. 또 창업한 지 10년이 되었는데도 여전히 처음과 똑같은 상태에 머물러 있는 곳도 많다. 이렇게 일한다면 돈을 벌어도 만족할 만큼 벌기 어렵고, 일을 통해 찾고자 했던 '정체성'과도 점점 멀어

아 내 가   내 일 을   잡 았 다

지게 된다.

　사회는 생각보다 정직한 곳이다. 노력하지 않는 자에게 '운'은 스쳐갈 뿐 기회로 남지 않는다. 누구의 엄마, 누구의 아내로 사는 인생보다 내 이름 석 자를 설명해 줄 삶을 완성하기 위해 직업을 선택하고자 한다면 평생 준비하고 노력하는 마음 자세가 필수적이다.

　취업은 단지 직업을 갖는 것만을 뜻하지 않는다. 일단 일을 시작하면 당신의 사고와 생활은 크게 달라진다. 당신의 인생 목표도 조금씩 수정될 것이다. 이런 큰 변화를 맞이하려는 지금 당신이 준비할 것은 두려움보다는 희망이며, 운보다는 노력이다.

직장과 직업을 혼동하지 말자.

직장은 마음에 들지 않으면 다른 곳으로 옮길 수 있지만,

직업은 한번 정하면 다른 직업으로 갈아타기가 쉽지 않다.

해당 직업이 요구하는 직무 능력과 경험을 다시 쌓아야 하기 때문이다.

앞으로 점점 더 '어떤 회사를 다닌다.'는 말보다

'어떤 일을 한다.'는 말이 더 중요한 시대가 될 것이다.

치열한 경쟁 사회에서 살아남기 위해서는 '평생직장'이 아니라

'평생 직종'으로 생각을 전환해야 한다.

시간이 좀 걸리더라도 '직장'이 아닌 '직업'을 찾아야 오래갈 수 있다.

# INFORMATION

# Part 2
# 새로운 시작,
# 생각대로
# 이루어진다

# 나를 알아야
# 앞서 갈 수 있다

멀리뛰기를 잘하는 사람에게
100미터 달리기를 시키면 잘해 내지 못할 뿐만 아니라,
가지고 있는 재능마저 잃고 만다.
이것은 비단 운동의 세계에서만이 아니라
직업의 세계에서도 마찬가지다.
자신이 가진 능력과 재능을 최대한 파악하고
이를 살릴 수 있어야 '금메달 인생'을 누릴 수 있다.

# 이 나이에 적성 검사를 하라고?

당신은 앞으로 짧게는 10년, 길게는 30년간 일을 하게 될 것이다. 당신에게 주어진 이 시간은 다시 일을 시작하는 것만이 아니라, 해당 분야에서 전문가로 성장할 수 있을 만큼 충분히 긴 시간이다.

이 세상에는 좋아하지도 않는 일을 대충 해나가며 살아가는 사람들이 생각보다 많다. 당연히 그들은 능력을 인정받거나 성공을 기대하기 어렵다. 성공적인 직업 찾기란 당신이 무엇을 좋아하고 잘하는지를 파악하는 것에서 출발한다. 자신의 직업 적성을 알아야 자신의 능력을 객관적으로 따져 볼 수 있으며, 이 과정을 거쳤을 때 비로소 내 몸에 꼭 맞는 제2의 직업을 찾을 수 있다.

# 당신만의 라이프 스토리를 작성하라

　내 몸에 꼭 맞는 직업을 찾으려면 먼저 당신 자신부터 제대로 알아야 한다. 가장 손쉽게 자기 자신을 돌아볼 수 있는 방법은 바로 라이프 스토리를 적어 보는 것이다. 보편적으로 사람의 기본 자질은 어릴 때 형성되어, 자라면서 크게 변하지 않기 때문이다.

　먼저 학창 시절부터 되돌아보자. 무엇을 할 때 가장 즐겁고 기뻤는가. 주변 친구들도 인정할 만큼 당신이 잘하는 일은 무엇이었는가. 잘하지는 못했지만 좋아했던 일이 있었다면 무엇이었는가. 지금 생각해 봐도 다시는 하기 싫은 일이 있는가 등. 정해진 규칙은 없다. 그저 기억나는 대로 당신의 학창 시절을 떠올리며 종이에 적어 보면 된다.

　나의 경우, 초등학교 때부터 책 읽기와 글짓기를 좋아했다. 한 달만에 공책 두 권 가득 자작시를 써넣은 적도 있다. 호기심도 많아 한번은 정육점 불빛은 왜 빨갛냐고 하루 종일 묻고 다니다가 어른들에게 혼이 난 적도 있었다. 대학에 들어가서야 어릴 적 나의 모습들이 기자가 갖춰야 할 자질과 비슷하다는 걸 알게 됐다.

　꼭 어린 시절의 기억에만 의존할 필요는 없다. 사회생활을 하면서 발견하게 되는 자질도 있기 때문이다. 우선 동료나 상사가 당신에게 했던 칭찬이나 조언 등을 떠올려 보자. 동료들에 대한 배려심이 뛰어나다고 칭찬을 들었을 수도 있고, 서류 정리를 잘못한다고 혼이 났을 수도 있다.

이외에도 성취감을 느끼거나 패배감을 느낀 일이 있다면 그것도 적어 보자. 경쟁 PT에서 강력한 후보였던 상대 회사를 이기고 채택된 순간일 수도 있고, 동료보다 승진이 밀린 순간일 수도 있다.

결혼 생활에서도 마찬가지다. 완벽하게 정리된 냉장고를 보며 혼자 뿌듯함을 느끼거나, 아이 숙제를 봐주다가 생각보다 어려워 당황했던 일 등이 있을 것이다.

어떤 것이든 상관없다. 어린 시절부터 현재에 이르기까지 당신의 모습을 빠짐없이 적어 보자. 직업 찾기는 자기 자신을 정확하게 파악하는 일에서부터 시작된다.


## 당신의 장점을 직업과 연결시켜라

라이프 스토리를 작성하면서 당신만의 강점을 파악할 수 있었을 것이다. 그러나 여기서 끝이 아니다. 당신이 가진 장점이 어떤 직업을 만났을 때 충분히 발휘될 수 있는지를 파악해야 한다.

## _장점을 관련 사항별로 묶어라

우선 종이를 꺼내 당신이 파악한 장점을 적는다. 그리고 서로 비슷한 것들끼리 묶는다.

예를 들면 당신은 다른 사람의 이야기를 경청하며, 상대방이 말하려는 바의 요점을 잘 이해한다. 또한 타인의 반응을 파악하여 왜 그런 행동을 하는지 쉽게 알아내며 다른 사람의 마음이나 행동을 변화시킬 수 있는 설득력을 가지고 있다. 이러한 종류의 장점을 갖고 있다면 당신은 상담사나 치료사가 어울릴 것이다.

또 다른 예를 들어 보자. 당신은 새로운 것을 배우는 데 관심이 많고, 자기가 알고 있는 것을 다른 사람에게 알기 쉽게 전달한다. 가르치는 것을 좋아하며, 남을 돕는 일에 적극적으로 나서는 편이다. 이러한 장점은 강사나 교사에 적합하다.

이런 식으로 당신의 장점을 덩어리로 묶어 나가다 보면, 당신에게 가장 적합한 직업에 가까워질 수 있다.


## _직업에 장점을 대입시켜라

정반대의 방법도 있다. 지금 머릿속에 떠오르는 직업을 적는다. 가능하면 하고 싶은 직업을, 잘 모르겠으면 아는 직업도 좋다. 적어도 30개 정도는 적길 바란다. 호감이 가는 순서대로 번호를 매기고,

11번 이하는 과감하게 지운다.

그렇게 하여 만들어진 상위 10개의 직업이 요구하는 자질과 당신의 장점을 비교해 본다. 이 과정을 통해 당신과 궁합이 맞는 직업이 2~3가지 정도로 압축될 것이다. 그리고 나서 주변 사람들에게 추려진 직업 중에 당신에게 어떤 직업이 적합할지 의견을 구해 보자. 만약 어이없다는 반응을 보인다면 다시 생각해 볼 일이다. 그들은 객관적으로 당신을 평가하고 판단해 주기 때문이다. 하지만 당신에게 그 직업에 대한 확고한 의지가 있다면 더 이야기를 나눠 보자. 생각을 공유하다 보면 자연스럽게 당신이 원하는 게 무엇인지 뚜렷해질 것이다.

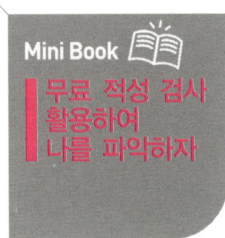

혼자서 자기 자신을 객관적으로 분석해 보는 일은 쉽지 않다. 그럴 때 다양한 기관에서 무료로 제공하는 적성 검사를 활용해 보자. 보다 전문적인 프로그램을 통해 자신의 심리적 특성(능력, 흥미, 성격 등)이 각 직업에서 요구하는 능력과 특성에 얼마나 적합한지를 측정함으로써 성공 가능성이 높고 만족할 만한 직업을 찾을 수 있다.

## 1. 한국직업정보시스템(know.work.go.kr)과 워크넷(www.work.go.kr)

먼저 노동부 산하 한국고용정보원(www.keis.or.kr)에서 운영하는 한국직업정보시스템과 워크넷 홈페이지에 들어가면 무료로 온라인 직업 심리 검사를 받을 수 있다.

한국직업정보시스템 홈페이지에서는 흥미로 찾기, 지식으로 찾기, 업무 수행 능력으로 찾기 등 3가지 경로를 통해 비교적 간단하게 자신에게 알맞은 직업 종류를 확인해 볼 수 있다.

워크넷의 경우에는 '취업 상담·지원'을 클릭해 '직업 심리 검사'를 이용하면 된다. 총 12종의 검사 중에서 자신에게 필요한 검사를 선택한다.

이들은 노동부에서 운영하는 만큼 방대한 직업 정보를 갖추고 있는 것이 특징이다. 직업 탐색이 끝나면 곧바로 취업에 필요한 자격증이나 교육 훈련에 대한 정보를 얻을 수 있다.


## 2. 경기여성e-러닝센터(www.ggw.or.kr)

IT 분야로의 취업을 고민하고 있다면 경기여성e-러닝센터 홈페이지를 방문해 보자. 올해 1월부터 개인별로 역량을 진단해 주는 '드림 웨이dream way' 서비스를 제공하고 있다.

온라인 설문 조사를 통해 개인의 직업 선호도와 취업 여건 등을 알아보고, 센터가 선정한 여성 친화적인 63개의 IT 분야 직업 가운데 하나를 추천해 준다. 그 후 추천 직업이 요구하는 역량과 개인의 역량을 비교 진단하는 과정을 거쳐, 최종적으로 가장 적합한 직업을 찾아 준다.

드림 웨이 서비스의 가장 큰 장점은 업종별로 필요한 교육을 온라인으로 무료 제공한다는 것이다. 온라인 교육은 경기도민이 아니어도 이용이 가능하므로 적극 활용해 보자.

### 3. 고용지원센터(www.jobcenter.go.kr)

온라인이 아닌 전문가에게 직접 상담을 받아 보고 싶다면 노동부가 운영하는 고용지원센터를 찾아가 보자.

직업 상담사가 각종 직업 심리와 적성 검사를 비롯하여 개인별 맞춤형 취업 정보를 무료로 제공해 준다. 실업 급여를 받는 사람만 이용하는 곳이라는 일반적 인식과 달리, 사회로의 첫 진출을 준비 중인 사람들도 취업 관련 서비스를 제공받을 수 있다. 고용지원센터 홈페이지를 방문하면 내가 살고 있는 지역에 위치한 센터 정보를 알 수 있다.

### 4. 여성새로일하기센터

올해 2월 전국 50곳에 문을 연 여성새로일하기센터(이하 줄여서 새일센터)에서는 경력 단절 여성을 위한 맞춤형 서비스를 제공한다.

고용지원센터와 마찬가지로 직업 상담사에게 각종 심리와 적성 검사 그리고 개인별 맞춤형 취업 정보를 무료로 제공받을 수 있다. 다른 점이 있다면 아이 때문에 외출이 어려운 경우 전화로 신청만 하면 직업 상담사가 직접 집으로 찾아와 전문적인 상담을 해준다는 것이다. 취업 설계사도 상주해 있어 전업주부를 위한 재취업 진로 설계도 받을 수 있다.

대표전화(1544-1199)로 문의하거나 직접 방문할 수 있다. 집과 가까운 센터에 대한 정보는 부록을 참고하자.

## 5. 사설 기관

보다 전문적인 적성 검사를 원한다면 비용이 좀 들더라도 사설 기관의 커리어 컨설턴트에게 상담을 받는 것도 한 방법이다. 성격 유형을 검사하는 MBTI나 애니어그램 분석은 물론, 개인별 맞춤형 취업 설계를 받을 수 있다.

# 사회 복귀 로드맵을 그린다


길을 헤매지 않고 최단 거리를 이용하여 가장 빨리 목적지에 도착하기 위해서는 내비게이션이 필요하다. 재취업도 마찬가지다. 원하는 직업에 진입하는 과정에서 시행착오를 최대한 줄이려면 '재취업 맵'이 필요하다.

처음 한 달은 당신에게 맞는 직업 탐색, 두 번째 달은 진입 경로의 조사, 세 번째 달은 필요 교육 이수, 네 번째 달은 본격적 구직 활동, 이런 식으로 계획표를 만든다고 생각하면 된다.

어떤 직업에 도전하느냐에 따라, 당신의 조건과 경력이 어느 정도냐에 따라 준비 기간이 길어질 수도 있고, 맵이 추가되는 경우도 있다.

아 내 가   내 일 을   잡 았 다

# 직장이 아닌 직업을 찾아라

직장과 직업을 혼동하지 말자. 직장은 마음에 들지 않으면 다른 곳으로 옮길 수 있지만, 직업은 한번 정하면 다른 직업으로 갈아타기가 쉽지 않다. 해당 직업이 요구하는 직무 능력과 경험을 다시 쌓아야 하기 때문이다.

앞으로 '어떤 회사를 다닌다.'는 말보다 '어떤 일을 한다.'는 말이 점점 더 중요한 시대가 될 것이다. 치열한 경쟁 사회에서 살아남기 위해서는 '평생직장'이 아니라 '평생 직종'으로 생각을 전환해야 한다. 시간이 좀 걸리더라도 '직장'이 아닌 '직업'을 찾아야 오래갈 수 있다.

직업을 선택할 때는 첫째, 철저히 자신의 적성과 업무 능력을 기준으로 삼아야 한다. 그래야 중도에 포기하거나 취업에 실패할 확률이 적다. 둘째, '유행' 직종이 아닌 '유망' 직종을 골라야 한다. 준비 기간을 포함해 5년 후에도 계속 일할 수 있는 직종이어야 한다. 셋째, 당신이 가진 경쟁력을 살릴 수 있어야 한다. 아주 작은 것이라도 다른 누구보다 잘해 낼 수 있는 강점이 있어야 그 분야에서 성공할 수 있다.

## 진입 조건을 분석하라

직업을 선택했다면 이제부터는 필요한 조건을 갖춰야 한다. 어디에서 훈련과 교육을 받을 수 있는지 그리고 무엇이 최적의 방법인지 꼼꼼하게 조사하자. 직업에 따라 상당한 시간이 필요할지도 모른다.

완벽하게 자격을 갖추기까지 얼마나 시간을 투자해야 하는지, 돈은 얼마나 필요한지도 알아 둘 필요가 있다. 자격을 모두 갖췄음에도 진입이 어려울 수도 있다. 경력 부족이 원인이라면 어떻게 경력을 만들 것인지, 인맥이 부족하다면 어떻게 인맥을 만들 것인지도 미리 계획을 짜놔야 한다. 당신의 희망 업종에 종사하는 사람들이 모여 있는 커뮤니티에 가입하는 것도 좋은 방법이다. 이것만 기억하자. 전문가는 만들어지는 것이다.


## 실현 가능성을 검증하라

당신이 선택한 분야에서 필요한 자격을 갖추려면 5년이라는 시간을 투자해 학위를 받아야 한다고 가정해 보자. 당신은 과연 5년이란 시간을 공부에 투자할 수 있는가. 또한 공부에 필요한 학자금을 충

아 내 가   내 일 을   잡 았 다

당할 여유가 있는가. 이럴 때 당신만의 전략이 필요하다. 분야는 같은데 2년 만 공부하면 진입이 가능한 다른 직종을 선택하거나, 준비 기간을 7년으로 늘려 아르바이트를 하면서 학자금을 충당하는 것이다. 어떤 선택도 불가능하다고 판단된다면 다른 직업을 찾아야 한다. 가려는 길이 분명하다면 과정이 조금 수정되더라도 결국 목표점에 도착하게 될 것이다.

## 성공한 사람을 벤치마킹하라

성공한 사람은 성공 방법을 알고 있다. 당신이 희망하는 직종에서 이미 성공을 거둔 사람이 있다면, 그 사람이 걸었던 길을 이정표로 삼아 보자. 방법은 간단하다. 우선 롤 모델을 정하고, 그 사람에 대한 모든 정보를 조사해 약력을 재구성하는 것이다. 무슨 공부를 했고, 어떤 경력을 가졌으며, 얼마나 많은 시행착오를 거쳤는지 등 꼼꼼하게 정리한다.

그 다음 현재 당신의 조건과 비교해 본다. 그리고 당신에게 필요한 능력은 무엇이고, 어떤 경력을 갖춰야 하는지 체크한다. 이를 통해 당신이 걸어가야 할 길을 미리 그려 볼 수 있다.

재취업에 나설 때 가장 당혹스러운 것 중 하나는 직업에 대한 정보가 너무 없다는 것이다. 특히 직장 경험이 없거나 오랜 기간 경력이 단절된 전업주부들이 비교적 진입하기 쉬운 직종에 대한 정보는 더욱 찾기 어렵다. 다행히도 여성부와 노동부 등 몇몇 정부 부처에서 주부 재취업 유망 직종을 선정해 내놓고 있다.

여성부가 운영하는 여성 포털 사이트 위민넷(www.women-net.net)은 '여성 유망 직업 100선'에 대한 정보를 제공하고 있다. 어떤 일을 하는지, 필요한 적성과 성격은 무엇인지, 어떻게 준비해야 하는지, 취업 현황은 어떤지 등에 대해 이해하기 쉽도록 플래시 형태로 제작해 알려 주고 있다.

한국고용정보원은 2008년 3월 『주부 재취업 도전직업 55』라는 제목의 책자를 발간했다. 해당 직업에 실제로 재취업한 전업주부의 인터뷰를 실은 것이 특징이다. 한국고용정보원 홈페이지에 들어가면 다운받을 수 있다.

그래도 감을 못 잡겠다는 당신을 위해 취업 전문가들과 재취업에 성공한 전업주부들이 추천한 유망 직종 10개를 소개한다.


## 1. 미술 치료사

①업무 내용 : 미술을 이용한 심리 치료

②요구 학력 : 대졸 이상

③직업 훈련 : 여성인력개발센터의 '미술 치료사 양성 과정', 민간 자격증 '미술 치료사'와 '미술 치료 전문가'

④취업 경로 : 사회 복지관, 아동센터, 사회 복지 시설, 학원 등 공개 채용(계약직), 개인 연구소 창업

⑤임금 수준 : 기본급은 아주 적으며, 상담 횟수에 따라 상담료를 받는다. 보통 1회 상담료당 2~8만 원

⑥추천 이유 : 정신적 장애를 겪는 현대인들이 늘면서 상담 분야 자체가 성장세를 보이고 있다. 특히 아동·청소년을 대상으로 하는 미술 치료와 놀이 치료 분야는 수요가 계속 늘어날 전망이다. 미술은 치료를 위한 도구이므로 특별히 미술적 재능을 요구하지 않

는다.

⑦주의 사항 : 상담 능력이 필요하다. 미술 치료사 자격증 취득 외에도 상담에 관한 교육이나 자격을 취득하는 것이 취업에 유리하다. 경력이 중요하기 때문에 조건이 열악하더라도 설사 무보수 자원봉사라도 상담 경험을 쌓아야 한다. 취업처에 따라 대학원 학위를 요구하기도 한다.

## 2. 직업 상담사

①업무 내용 : 구직자에게 적합한 일자리 정보를 제공

②요구 학력 : 고졸 이상, 일반적으로 대졸 선호

③직업 훈련 : 여성인력개발센터, 직업전문학교 등 '직업 상담사 양성 과정', 국가 자격증 '직업 상담사'

④취업 경로 : 직업훈련기관, 대학 취업 정보실, 취업 관련 업체 등에서 공개 채용

⑤임금 수준 : 약 90~150만 원

⑥추천 이유 : 취업이 어려울수록 취업에 필요한 정보를 제공해 주는 업무에 대한 수요가 높아진다. 특히 '새일센터' 등 여성의 재취업을 전문으로 지원하는 직업 상담사의 채용 규모가 늘고 있다. 최근 계약직에서 공무원으로 편입돼 직업 안정성이 높아졌다. 경험과 능력을 쌓으면 직업 컨설턴트로서 전문직 진입이 가

능하다.

⑦주의 사항 : 단순히 직업 상담사 자격증을 땄다고 해서 모두 취업이 되는 것은 아니다. 경력직을 선호하며 기관에 따라 워드프로세서 2급 등 IT 관련 직무 능력을 요구하는 경우도 있다.

## 3. 도배 기능사

①업무 내용 : 아파트나 주택, 사무실 도배

②요구 학력 : 제한 없음

③직업 훈련 : 여성인력개발센터, 여성문화회관 등의 '도배 자격증반', 국가 자격증 '도배 기능사'

④취업 경로 : 지물포 등 도배 업체나 시공 업체에서 프리랜서로 일하거나 창업

⑤임금 수준 : 월 20일 근무 기준 약 150만 원

⑥추천 이유 : 이사가 많은 봄이나 가을이 성수기로, 최근에는 실내 인테리어에 대한 관심이 늘면서 도배하는 주기가 짧아져 수요가 많은 편이다. 실력을 최우선으로 하기 때문에 자격증은 없어도 괜찮다. 정시에 출퇴근하지 않아도 되어 가사와 육아를 병행하기가 수월하다. 경험과 실력이 쌓이면 최고 300만 원까지 벌 수 있다.

⑦주의 사항 : 막노동이라고 할 만큼 노동 강도가 세다. 프리랜서로

활동하기 때문에 일거리를 주기적으로 받으려면 업체 관리 능력이 필요하다. 보통 다른 도배사들과 팀을 이뤄 시공 업체에 공사를 수주 받는 경우가 많다.

## 4. 자동차 검사원

① 업무 내용 : 자동차의 안전과 환경 검사

② 요구 학력 : 제한 없음

③ 직업 훈련 : 직업전문학교, 국가 자격증 '자동차 검사 기사', '자동차 검사 산업기사'

④ 취업 경로 : 자동차 정비 업체

⑤ 임금 수준 : 약 150만 원, 소장이 되면 약 250~300만 원

⑥ 추천 이유 : 모든 자동차는 2년마다 정기 검사와 정밀 검사를 받아야 한다. 검사는 교통안전공단에서 운영하는 자동차 검사소와 민간 검사 업체에서 실시한다. 최근 자격증 소지자가 늘고 있지만, 여전히 인력 자체가 부족해 일자리를 찾기가 수월하다. 5년 정도 경력을 쌓으면 소장이 될 수 있다.

⑦ 주의 사항 : 많을 때는 하루 60~70대를 검사할 때도 있어 체력이 요구된다. 자동차에 대해 잘 알아야 하기 때문에 자격증뿐 아니라 직업교육학교의 자동차학과에 진학을 하거나 다른 자동차 관련 자격증을 취득하는 것이 유리하다.

## 5. 천장크레인 기사

① 업무 내용 : 천장에 달린 크레인을 이용해 대형 압연이나 강판 등을 운반

② 요구 학력 : 제한 없음

③ 직업 훈련 : 직업전문학교, 국가 자격증 '천장크레인 운전 기능사'

④ 취업 경로 : 제조 업체, 제철소, 조선소, 대형 기계 생산 업체 등에서 공개 채용

⑤ 임금 수준 : 연봉 약 2,400~3,000만 원

⑥ 추천 이유 : 집 근처에 제철소가 있는 경우 협력 업체가 많기 때문에 취업 가능성이 높다. 천장에 달린 크레인을 손잡이로 조작하면 되기 때문에 생각보다 노동 강도가 세지 않다. 다른 사람에게 간섭받지 않고 독립된 공간에서 일할 수 있으며 여성이 도전 가능한 기술직 중에서 임금 수준이 높은 편이다.

⑦ 주의 사항 : 아직 여성의 진출이 적은 탓에 진입이 다소 어려울 수 있다. 중년 남성들과 함께 일해야 하기 때문에 거친 말이나 행동에 상처받지 않을 당당함이 필요하다.


## 6. 재무 설계사

① 업무 내용 : 개인 자산 관리

② 요구 학력 : 대졸 이상

③직업 훈련 : 여성인력개발센터 '재무 상담사 양성 과정', 국제 자
　격증 'CFP, AFPK'

④취업 경로 : 기업 공개 채용

⑤임금 수준 : 약 150만 원

⑥추천 이유 : 소득 수준에 관계없이 재무 상담을 받거나 전문가에
　게 자산 관리를 맡기는 사람이 늘고 있는 추세다. 계약 건당 수수
　료를 받는 구조로, 능력에 따라 임금이 달라진다. 국제 자격증을
　따면 취업의 폭을 넓힐 수 있다.

⑦주의 사항 : 다른 사람의 자산을 관리하는 업무이므로 주식이나
　펀드, 금융 상품 등을 잘 알아야 한다. 다른 사람에게 뒤처지지 않
　으려면 취업 전에는 물론, 취업 후에도 끊임없이 공부해야 한다.

## 7. 유아 영어 강사

①업무 내용 : 유아를 대상으로 노래, 율동, 게임 등을 통한 영어
　학습

②요구 학력 : 대졸 이상

③직업 훈련 : 여성인력개발센터, 유아 영어 교육 기관 등 '영어 전
　문 지도자 과정', '유아 테솔$^{TESOL}$ 과정', 민간 자격증 '유아 학습
　지도사'

④취업 경로 : 어린이집, 유치원, 복지관, 유아 영어 학원 등에서 공

개 채용

⑤임금 수준 : 약 150~200만 원

⑥추천 이유 : 올해부터 초등학교 1학년 정규 과목으로 영어가 신설 돼 유아 대상 영어 교육 시장은 계속 성장할 전망이다. 업무 강도에 비해 고소득이며, 프리랜서로 근무 시간 조절이 가능하기 때문에 가사와 육아를 병행할 수 있다.

⑦주의 사항 : 기본적으로 영어 능력이 있어야 하며 꾸준한 공부가 필요하다. 유아들이 강의에 집중할 수 있도록 자기만의 교수법을 개발해야 한다.


## 8. 매너 서비스 강사

①업무 내용 : 서비스 업종 종사자에게 서비스 기술 교육

②요구 학력 : 제한 없음

③직업 훈련 : 여성인력개발센터, 대학 사회교육원 등 '매너 서비스 강사 양성 과정', 민간 자격증 'ICPI', 'CS TEST'

④취업 경로 : 병원, 호텔, 백화점, 은행, 기업 등에서 프리랜서 강사로 활동, 서비스 교육 전문 컨설팅회사 창업

⑤임금 수준 : 약 150~200만 원, 강의료 시간당 4~5만 원

⑥추천 이유 : 많은 기업에서 직원들을 대상으로 매너 서비스 교육을 늘리고 있는 추세다. 아직 생소한 직업이기 때문에 빨리 시작

할수록 진입이 쉽다.

⑦주의 사항 : 수입이 일정하지 않다.


## 9. 고객 상담원

①업무 내용 : 전화나 인터넷을 통한 고객 상담 및 민원 처리

②요구 학력 : 제한 없음, 일반적으로 고졸 이상 요구

③직업 훈련 : 관련 기업에서 운영하는 '고객 상담원 양성 과정'

④취업 경로 : 홈쇼핑 업체, 은행, 이동통신 업체, 정부 및 공공기관
　　고객센터 등에서 공개 채용

⑤임금 수준 : 처음 3~6개월은 약 80만 원, 이후 약 130만 원

⑥추천 이유 : 특별한 직무 능력이 필요하지 않기 때문에 도전하기
　　쉽다. 주로 전화나 인터넷으로 업무를 처리하기 때문에 육체 노
　　동이 적다. 최근에는 택배 업체 등 취업처가 늘고 있는 추세다.

⑦주의 사항 : 다짜고짜 화를 내거나 욕을 하는 고객도 있기 때문에
　　인내심이 필요하다. 마음을 다스릴 줄 알아야 한다.


## 10. 룸어텐던트

①업무 내용 : 호텔 객실 청소

②요구 학력 : 제한 없음

③직업 훈련 : 여성인력개발센터 '룸어텐던트 교육 과정'

④취업 경로 : 관광호텔, 리조트, 컨벤션센터 등에서 공개 채용

⑤임금 수준 : 약 85~95만 원

⑥추천 이유 : 다른 사람과 접촉이 적어 내성적인 성격이어도 부담이 적다. 45살 이상 중년층 전업주부도 진입이 가능하다. 경력을 쌓으면 중간 관리자로 승진이 가능하며, 60살까지 동종 업계에서 일할 수 있다.

⑦주의 사항 : 스스로 '청소부'라는 편견을 버리고 전문직으로서 자부심을 가져야 오래 일할 수 있다. 노동 강도가 세기 때문에 초기 3개월을 버티기가 힘들다. 외국인을 상대해야 하기 때문에 간단한 영어 회화 능력이 필요하며 이를 위해 직장 내에서 영어나 일어 교육을 지원해 준다.

# 정보,
# 내 손에 쥐어야 '보석'이다

　적성도 알았고 직업도 골랐다. 이제 당신이 할 일은 '맞춤형 정보'를 손에 넣는 일이다. 넘쳐나는 정보 속에서 당신에게 꼭 필요한 정보만을 끄집어내야 한다. 전업주부를 위한 재취업 정보는 물론, 온라인 무료 교육, 장학 제도까지 무궁무진하다.

　아는 만큼 보인다고 했다. 자신에게 필요한 정보를 얼마나 알고 있고 또 무엇을 선택하느냐에 따라 재취업 준비 기간이 단축되는 것은 물론 소요 비용도 줄일 수 있다. 무엇보다 효과적인 재취업 계획이 가능해진다.

# 여성 취업 사이트를 공략하라

위민넷에는 재취업을 준비하는 전업주부들에게 유용한 정보로 가득한 '커리어'라는 코너가 있다.

다양한 분야에서 일하고 있는 여성들과의 인터뷰를 통해 인터넷 검색으로는 알 수 없는 생생한 직업 정보를 제공하고, 정상에 오른 여성 리더가 성공 노하우를 소개한다. 실시간으로 여성 채용 정보를 확인할 수 있으며, 전국 각지의 직업전문학교나 기술 교육원, 방송 아카데미 등에서 국비 지원으로 실시하는 무료 교육 과정에 대한 정보도 얻을 수 있다.

이 외에도 온라인으로 전문 컨설턴트에게 이력서 작성법과 이력서 사진 촬영 요령부터 이미지 메이킹까지 무료로 코칭 받을 수 있다.

노동부가 운영하는 여성워크넷(women.work.go.kr)은 여성을 위한 일자리 정보가 가득하니 반드시 공략해야 한다. 여성을 가장 많이 채용하는 분야를 업종별, 지역별, 산업 단지별로 검색할 수 있으며, 거주 지역과 학력, 연령 등을 기입하면 곧바로 구인 공고를 낸 기업의 정보를 알려 준다. 또한 파트타임 자리와 사회적 일자리 정보도 별도로 제공하며, 여성 대상의 전국 직업 훈련 프로그램과 자격증에 대한 정보도 편리하게 검색할 수 있다.

# 온라인 무료 교육을 섭렵하라

컴퓨터만 있으면 집에서도 무료로 교육을 받을 수 있다. 경기도 여성능력개발센터(www.womenpro.or.kr)는 총 96개에 달하는 '온라인 교육 프로그램'을 무료로 제공한다. 포토숍, 플래시, 웹디자인, 자바 프로그래밍, 웹 기획, 동영상 편집 등 'IT 분야', 기업 마케팅, 프리젠테이션 기법, 비즈니스 문서 작성, 생활 속 세금 지식, 사례로 배우는 회계 실무, 비즈니스 영어 등 '경영 분야'의 강좌 등이 마련되어 있다. 나이나 학력, 지역에 관계없이 수강이 가능하다는 장점이 있다.

위민넷에서도 'e-캠퍼스 무료 사이버 강좌'를 운영하고 있다. 텔레 마케팅, 독서 지도사, 직업 상담사, 의류 수선가, 여행 코디네이터 등 직업 입문 강좌는 물론, 컴퓨터 활용 능력, 인터넷 정보 검색사, 워드프로세서 등 자격증 취득을 위한 필기·실기 강좌도 들을 수 있다.

이 외에도 영어, 일본어, 중국어 등 어학 강좌와 파워포인트, HTML, 엑셀, 포토숍, 플래시, 나모웹에디터 등 직장 생활에서 알아두면 좋은 컴퓨터 활용 강좌도 마련돼 있다.

아 내 가   내 일 을   잡 았 다

# 전업주부 우대 제도를 노려라

다시 공부하고 싶어도 학비가 만만치 않다. 그럴 땐 주부 학생들을 위한 장학금 제도가 마련된 학교를 활용하자. 알면 알수록 공부도 하고 돈도 벌 수 있으니, 일석이조라 할 수 있다. 영동대학에서는 기혼 여성에게 4년간 등록금의 50퍼센트를 면제해 주며, 동신대학은 학기마다 50만 원의 장학금을 주는 혜택을 제공한다.

최근에는 학비도 저렴하고 가사와 육아를 병행할 수 있는 사이버 대학이 인기다. 서울사이버대학과 한양사이버대학은 전업주부에게 1년간 수업료의 20퍼센트를 장학금으로, 경희사이버대학과 서울디지털대학, 한국사이버대학은 입학금을 면제해 준다.

민간 장학금 제도도 있다. 여성마케팅 전문 기관인 더블유인사이츠(www.w-insights.co.kr)는 2008년부터 'FEMI 주부 장학금' 제도를 운영하고 있다. 결혼, 임신, 육아 때문에 잠시 꿈을 접어 두었던 주부들을 위해 6개월간 매월 20만 원씩 총 120만 원을 지원한다. 지난해에는 총 5명의 전업주부가 장학금을 받았다.

취업 박람회의 가장 큰 장점은 기업의 인사 담당자와 현장에서 직접 만날 수 있는 기회가 주어진다는 점이다.

특히 여성 맞춤형 박람회는 3040 경력 단절 여성들을 대상으로 하기 때문에 취업 시장에서 소외되기 일쑤인 전업주부들에게 더 없이 좋은 기회다. 최신 취업 트렌드도 읽을 수 있고, 공짜로 면접 실습도 해볼 수 있다. 또한 최근에는 이와 같은 박람회들이 점차 세분화, 전문화되고 있어 그 효용이 더욱 두드러진다. 개최 단위가 시·도 단위에서 군·구 단위로 좁아졌으며, 동종 업계의 기업들끼리 모여 개최하는 경우도 많아졌다. 그 결과 보다 가까운 곳에서 전문적인 취업 정보를 얻을 수 있게 되었다.

취업 박람회에는 매년 서울시 주최의 '3040여성 취업·창업 박람회(3040women.incruit.com)', 한국IT여성기업인협회 주최의 '여성 IT인력 채용 박람회(www.kibwa.org)'를 비롯하여 전국 각 지역에서 다양한 여성 취업 박람회가 열리고 있다. 하지만 취업 박람회에 참여한다고 해서 모두가 취업의 기회를 잡을 수 있는 것은 아니다. 다 차려진 밥상이라도 수저가 없으면 먹을 수 없는 것처럼 말이다.

### 참가 기업을 확인하라

취업 박람회는 대부분 온라인과 오프라인 행사를 병행한다. 오프라인 행사에 참여하기 전에 우선 박람회 홈페이지에 들어가 참여 기업의 명단을 확인하라. 그중에서 당신이 목표로 삼고 있는 기업이 있는지 체크하고, 그 기업이 요구하는 인재상이나 채용 분야 등을 미리 파악한다. 그래야 자기 소개서와 이력서를 맞춤형으로 미리 준비할 수 있다.

현장에서 곧바로 약식 면접을 보게 될 수도 있으니 반드시 정장을 갖춰 입어야 한다. 그리고 이날만큼은 아이를 다른 사람에게 맡기고 혼자 나와라. 혹여 면접관에게 커리어우먼이 아닌 주부로서의 인상을 각인시킬 수 있다.

## 부대시설을 적극 활용하라

취업 박람회는 면접만 보는 곳이 아니다. 전업주부들에게 꼭 필요한 취업에 관한 모든 노하우를 무료로 배울 수 있는 곳이기도 하다. 직업 선호도 검사는 물론, 인성·적성 검사, 자격증 취득 상담까지 받을 수 있다. 전업주부들이 가장 어려워하는 이력서와 자기 소개서 작성법은 물론, 면접 때 인사 담당자에게 호감을 줄 수 있는 이미지 메이킹 방법도 알려 준다.

## 세미나는 미리 신청하라

박람회에서 빼놓을 수 없는 프로그램 중 하나가 세미나다. 당신과 마찬가지로 집에서 살림만 살다가 멋지게 사회에 복귀한 '워킹맘 선배'의 강연을 비롯, 기업의 인사 담당자들이 알려 주는 취업 노하우 강연도 있다. 특히 인사 담당자 강연의 경우 인터넷을 통해서는 접할 수 없는 구체적인 합격 수준이나 면접 분위기 등을 알 수 있기 때문에 부스를 돌아다니며 얻는 정보와는 또 다르다.

세미나의 경우 수강생 숫자가 제한돼 있기 때문에 박람회 홈페이지를 통해 강의 주제와 시간을 확인하여 신청해 놓는 부지런함이 필요하다.

# 오직 나만을 위한
# 시간을 만든다

모든 일에는 연습이 필요하다. 집에만 있다 출근을 하게 될 당신은 물론 아이들과 남편 역시 달라진 환경에 익숙해져야 한다. 당신은 출근으로 인해 가사나 육아에 쏟을 시간이 줄어들게 되고, 집 안에서는 당신의 빈자리가 커지게 된다. 이는 어느 날 갑자기 자연스럽게 받아들여지는 것이 아니다. 그렇게 되기까지 엄청난 시행착오와 난관들을 겪어야만 한다. 따라서 사회로 복귀하기 전부터 자신의 업무를 버리는 '연습'을 해야 한다.

'버린다.'는 것은 또 다른 의미로 '얻는다.'를 뜻한다. 당신이 전업주부의 업무를 버리는 순간, 오로지 당신만을 위한 시간을 만들 수 있다. 이 시간을 이용하여 재취업을 위한 상담을 받거나 강좌를

들을 수도 있다. 또한 지금부터 조금씩 업무를 줄여 당신만의 시간을 늘려 나가다 보면, 마침내 회사에 나가게 되었을 때 당신 자신은 물론 아이와 남편도 당신의 빈자리에 익숙해져 있을 것이다.

여기서 관건은 시간 관리 능력이다. 시간 관리의 핵심은 딱 두 가지다. 하나는 할 일을 줄이는 것이고, 다른 하나는 일의 우선순위를 정해 실천하는 것이다. 단순히 전업주부의 업무를 줄이는 것만으로는 부족하다. 업무를 줄여서 마련한 시간에 무엇을 하느냐가 당신의 가치를 결정한다.

## 낮 시간의 여유를 없애라

나만의 시간을 만드는 가장 효과적인 방법은 당신이 가장 많은 시간을 할애하는 집안일 줄이기부터 시작된다. 지금까지는 가사가 주 업무였기 때문에 잠깐씩 짬을 내어 여유를 즐겨도 상관없었다. 세탁기를 돌리는 동안 TV를 보거나, 낮잠을 한숨 즐긴 후 청소를 해도 괜찮았다. 하지만 이제는 상황이 달라졌다. 낮 시간을 최대한 활용하지 못하면 당신만의 시간은 영영 가질 수 없다.

당신이 그간 갈고 닦은 실력을 총동원해 설거지와 청소, 빨래를 한꺼번에 몰아 재빨리 끝내라. 가능하다면 청소나 빨래하는 횟수를 줄이는 것도 좋은 방법이다. 이것만 잘해도 당신은 하루 1시간의 여유를 얻을 수 있다.

그래도 시간이 절약되지 않는다면 돈이 좀 들더라도 과감하게 전자 제품을 구입하라. 식기세척기를 이용하면 아침과 저녁 시간만 따져 봐도 40분을 절약할 수 있다. 청소도 직접 걸레질을 하는 것보다 로봇 청소기나 스팀 청소기를 사용하면 최소 30분은 벌 수 있다.

## 일주일 간격으로 가사 계획을 세워라

당신도 모르는 사이 새어 나가는 시간을 잡아내기 위한 방편으로 일주일 간격으로 가사 계획을 세우는 것도 좋다. 일주일 식단을 미리 정해 놓으면 반찬거리를 한꺼번에 구입하여 미리 만들어 놓을 수 있다. 이를 통해 하루 최소 2시간씩 식사 준비를 위해 쏟아야 했던 시간을 대폭 줄일 수 있다.

남편과 아이들의 출근, 등교 준비를 돕는 일도 마찬가지다. 남편과 아이들이 입고 나갈 옷을 일주일 간격으로 미리 옷장 한쪽에 걸어 두면 아침마다 옷과 양말을 챙겨 주느라 허비하는 시간이 없어진다. 또 입을 옷을 미리 정해 두면 세탁소에 옷을 맡기거나 찾아오는 일도 일주일 중 하루를 정해서 처리할 수 있게 된다.

이론적으로는 잘 알아도 막상 계획을 세우기 위해 종이를 눈앞에 두게 되면, 어떻게 해야 할지 막막할 것이다. 그리고 어찌어찌 계획을 세웠다 하더라도 계획대로 되지 않고 일이 엉클어지곤 할 것이다. 처음부터 능숙하게 해내는 사람은 없다. 이러한 시행착오를 반복하는 사이, 당신만의 노하우를 익히게 되어 점점 시간 활용의 달인이 되어 있는 자신을 발견하게 될 것이다.


## 일의 우선순위를 정해 실천하라

시간을 효율적으로 사용하려면 우선순위를 잘 선정하는 것도 중요하다.

- 하루 또는 일주일 간격으로 해야 할 일을 적는다.
- 중요한 순서대로 번호를 매긴다.
- 1번부터 그 일을 실행에 옮길 시간을 정한다.

　　　　　　　　　아 내 가　내 일 을　잡 았 다

많은 사람들이 일의 우선순위를 정한다고 하면 1번부터 순차적으로 진행하는 것으로 받아들인다. 물론 틀린 말은 아니다. 하지만 취업 정보를 찾는 일이 1번이라고 해서 무조건 집안일을 뒤로 미룰 수는 없다.

오늘 하루 당신이 가장 집중해야 할 일을 정하고, 그 일을 가장 효과적으로 행할 수 있는 시간대를 정해 실천하라. 이것이 바로 자기 시간을 효과적으로 경영하는 방법이다.


## 아내, 엄마로서의 공백을 만들어라

어느 정도 시간 관리에 익숙해졌다고 생각되면 그리 길게 하지 않아도 되는 아르바이트를 시작하라. 동네 편의점도 괜찮고, 하다 못해 봉투 붙이기 같은 부업도 괜찮다. 가족들이 집에 있을 때 2~3시간 정도만 집을 비워라.

물론 당신이 아르바이트를 시작하면서 생활이 불편해진 아이와 남편이 불평을 해댈 것이다. 처음엔 "왜 고생을 사서 하느냐."며 걱정해 주다가 점차 "그 돈 벌자고 집안 살림을 내팽개쳤느냐."며 화를 낼지도 모른다. 그러나 조금만 지나면 당신이 없는 시간에 차츰 적응해 갈 것이다.

　나중을 위해서라도 아이와 남편이 당신의 빈자리에 적응하게 만들어야 한다. 이것은 몇 번을 강조해도 지나치지 않다. 무슨 일이든 대신 해줄 게 아니라, 아이와 남편이 스스로 할 수 있도록 그 방법을 알려 줘야 한다. 이것은 지금 당장 당신이 회사에 나가게 되었을 때뿐만 아니라, 아이의 교육 측면에서도 대단히 중요하다. 어려서부터 자립심을 키워 주지 않으면 대학생이 되어서도 아이들은 당신의 도움을 요청할지도 모른다. 가족들은 집안 살림을 할 줄 모르는 게 아니라 할 기회가 없었을 뿐이다.

아 내 가　내 일 을　잡 았 다

출근 후가 걱정인 당신을 위해 선배 워킹맘 이미라 씨(36세)를 통해 노하우를 배워 보자.

미라 씨는 초등학교 2학년인 딸과 6살 된 아들을 키우고 있다. 2년째 프리랜서 편집 기자로 활동하며, 일주일에 2번 오전 10시부터 밤 11시까지 일한다. 그녀가 일을 시작하면서 가장 큰 걱정은 아이들이었다. 학원과 어린이집이 끝나는 오후 7시부터 남편이 퇴근하는 9시까지 아이들만 집에 있어야 했기 때문이다. 게다가 청소나 빨래, 식사 준비와 설거지 등 집안일을 할 시간도 절대적으로 부족했다. 그녀는 이러한 문제들을 해결하기 위해 몇 차례 시행착오를 거친 끝에 그녀만의 방법을 고안해 냈다.

## 보육 도우미를 고용한다

보육 도우미를 고용하여 하루 2시간씩 두 아이의 저녁밥을 챙겨 주고, 남편이 올 때까지 돌보도록 했다. 처음에는 없던 지출을 하는 것이 부담스러웠다. 그래서 비용을 조금 줄여 볼까 하는 마음에 평소 친하게 지내던 동네 엄마에게 부탁했는데, 곧 그만두고 말았다. 잘할 수 있을 거라고 생각했는데, 시간이 지날수록 집에 두고 온 자기 아이들이 생각나고 몸도 지치더라는 것이었다.

다시 아이들을 돌볼 사람을 구하느라 시간과 돈을 낭비해야 했던 미라 씨는 결국 전문 도우미를 고용해 수입의 20퍼센트를 주고 있다. 아이들 양육에 필요한 지출만큼은 아끼지 말아야 한다는 교훈을 '비싼 값'에 얻은 셈이다.

## 거실 칠판을 활용하여 매일 공부량을 정해 준다

아무리 일을 한다지만 아이들 교육만큼은 포기할 수 없었다. 출근하지 않는 날에는 아이들 옆에 붙어서 하나하나 챙겨 주면 되지만, 출근하는 날에는 아이들도 해이해지기 쉬웠다. 그래서 선택한 방법이 칠판이었다. 그날 해야 할 공부 분량을 칠판에 적어 주고, 일주일에 한 번씩 점검하는 것이다.

어느덧 아이들도 이러한 방식에 익숙해져 가끔 남편이 늦게 퇴근하는 날에도 둘이 숙제를 하며 시간을 보낼 수 있게 되었다.

## 요리에 소모되는 시간을 가급적 줄인다

출근을 시작하니 집안일하는 데 드는 시간이 생각보다 길게 느껴졌다. 예전에는 반찬 하나 정도는 금세 만들었던 것 같은데, 점차 그 시간에 잠 좀 더 잤으면 하는 마음이 간절했다. 그동안에는 가족들에게 미안한 마음에 어떻게든 음식만큼은 손수 하고자 결심했지만, 점점 체력이 부쳐 왔다. 하루는 너무 힘들어 집 앞 반찬 가게에서 간단한 반찬을 사다 먹었는데, 생각보다 맛이나 위생 상태가 양호하여 이후 자주 이용하게 되었다.

그리고 시간이 지나면서 카레 등 비교적 손쉽게 데워 먹을 수 있는 음식을 전날 미리 만들어 놓는 요령도 생겼다.

## 남편에게 적극적으로 SOS를 요청한다

사실 출근하기 전까지 미라 씨의 남편 역시 여느 남편들과 마찬가지로 가사일을 분담해야 한다는 생각이 전혀 없었다. 가사일 자체도 잘 몰랐다. 하지만 그녀가 일을 병행하기 위해서는 남편의 협력이 절실했다.

미라 씨는 반복 학습을 이용했다. 아이들 목욕을 시키거나 쓰레기 버리는 일을 반복적으로 부탁한 것이다. 처음에는 미라 씨가 말을 꺼낼 때만 했는데, 이제는 자연스럽게 몸에 배어 말하지 않아도 알아서 하게 되었다. 물론 아직 간단한 몇 가지 일을 도와주는 정도에 불과하지만 말이다.

많은 주부들이 재취업을 꿈꾸면서도 아이들에게 미안하고 가사에
발목 잡혀 아예 시도조차 못하는 경우가 대부분이다. 미라 씨는 이
들에게 재취업에 대한 막연한 기대감만 가질 것이 아니라 전업맘
업무를 조정하기 위한 구체적인 계획을 세워 볼 필요가 있다고 조
언한다. 그리고 처음에는 아이들이 엄마의 빈자리 때문에 힘들어했
지만, 지금은 상대적으로 아빠와 함께 있는 시간이 늘어나 좋아하
는 눈치라고 말한다.

# '정답 없는 취업'
## 나만의 방법을 찾는다

재취업 선배들이 하나같이 꼽는 노하우가 있다.

'빨리 취업해야 한다는 조급함을 버린다.' '자신의 현재 실력에 대한 자만심을 버린다.' '원하는 목표를 향해 꾸준히 자신을 단련시켜 간다.'가 바로 그것이다.

취업으로 가는 완행열차를 타는 데도 여러 방법이 있다. 회사 규모나 월급에 대한 눈높이를 낮춰 일단 노동 시장에 진입한 후 1~2년 경력을 쌓은 뒤 좋은 일자리로 갈아타는 방법이 있는가 하면, 다시 공부를 시작하는 방법도 있다.

## 현재 자신의 위치를 인정하고
## 급행열차에서 내려라

일단 완행열차에 올라타려면 노동 시장에서 바라본 자신의 객관적인 현재 위치를 인정하는 마음 자세가 필요하다.

송은효 씨(33세)는 결혼 전 5년간 유치원 교사로 일했다. 결혼 후 3년을 쉬었지만 충분히 능력을 인정받아 쉽게 재취업할 수 있을 거라 생각했다. 하지만 연거푸 불합격 통보를 받았다. 은효 씨의 아이가 너무 어려 일에 집중하기 힘들 거라고 했고, 3년이나 쉬었기 때문에 희망 연봉에 맞춰 줄 수 없다고 했다.

그녀는 자신의 기대와 재취업 현실 사이의 공백을 뼈저리게 느꼈다. 그리고 타고 있던 급행열차에서 내려 완행열차로 갈아타기 위한 준비를 시작했다. 취업 시장에선 능력보다 나이 어린 자녀나 3년의 공백이 마이너스로 작용한다는 사실을 받아들였고, 결혼 전 경력을 그대로 인정받겠다는 욕심도 버렸다. 그리고 한 달 후 이력서에 희망 연봉을 낮춰 적었다.

그 결과 은효 씨는 월급은 많이 줄었지만 진입에 성공할 수 있었다. 그리고 얼마 지나지 않아 동료 교사들보다 능력을 인정받게 되었다. 현재는 결혼 전보다 더 많은 월급을 받으며 당당한 워킹맘으

아 내 가   내 일 을   잡 았 다

로 살고 있다.


## 두세 번 갈아타는 것이 더 빠를 수 있다

은효 씨처럼 현장 전문성을 갖추고 있지 않은 경우라면 열차를 두세 번 갈아타는 방법이 효과적이다.

이수경 씨(38세)는 결혼한 지 4년이 되던 33살 때 웹 관리자가 되기로 결심했다. 하지만 그녀가 가진 경력은 결혼 전 2년간 호텔에서 비서로 일한 것이 전부였다. 수경 씨는 일단 동네에 있는 사설 기관에서 2개월간 웹 관리자 양성 교육을 받은 후, 자격 기준이 그리 까다롭지 않은 작은 쇼핑몰에 입사했다. 월급은 겨우 교통비와 밥값을 충당할 수 있는 정도였지만, 처음부터 욕심 내기보다는 관련 분야에서 경력을 쌓는 것이 무엇보다 중요하다고 생각했다.

시련은 생각보다 매웠다. 자기보다 나이 어린 선배들에게 청소나 판매 도우미 일까지 요구받았다. 하지만 앞으로 이 분야에서 계속 일하려면 1년이라도 경력을 쌓아야 한다는 생각으로 이를 악물고 버텼다. 그리고 웹 관리자로서의 실력을 쌓기 위해 일주일에 3일은 퇴근 후 사설 학원에서 관련 강좌를 수강했다.

성실히 업무를 익힌 수경 씨는 계획대로 1년 후 근로 조건이 월등히 좋은 중견 취업 포털 사이트에 당당히 합격하였고, 지금은 5년차 경력자로 팀장급으로 일하고 있다.

원하는 일자리를 갖기 위해서는 다음 세 가지 단계가 중요하다.

첫째, 자신만의 신념과 비전을 기준으로 장래성이 보이는 일자리로
　　　진입하라.
둘째, 어떤 시련이 닥치더라도 최소 1년은 버텨라.
셋째, 그 분야에서 실력을 쌓아 더 나은 조건의 직장으로 갈아타라.

전업주부에게는 첫 직장의 근무 환경이 열악하고 좋지 않을수록 더 이득일 수도 있다. 시스템이 제대로 갖춰지지 않은 곳에서는 업무 영역이라는 것이 따로 없어서 그 분야에서 필요한 전반적인 업무나 직장 생활의 기본 요소들을 두루두루 체험할 수 있기 때문이다. 목표만 명확하다면 첫 취업에서 눈높이를 낮추는 것도 괜찮다.

# 취업보다 알바, 경험이 모든 것을 말한다

아무리 눈높이를 낮춰도 수경 씨처럼 단번에 성공하기란 하늘의 별 따기다. 이럴 때는 다른 방법으로 경험을 쌓은 후, 재취업 문을 두드리는 전략을 사용해야 한다.

그 첫 번째 방법은 주부 인턴 제도를 적극 활용하는 것이다. 이는 상대적으로 정규직 진입이 어려운 주부들을 위해, 기업과 협약을 맺어 정부가 대신 월급을 내주고 3～6개월간 인턴으로 일할 기회를 제공하는 제도다. 서울시는 2004년부터 실시했으며, 2009년부터는 전국 50곳의 새일센터에서도 실시하고 있다. 혹시 인턴이라고 무시하고 있다면 그런 생각을 버리기 바란다. 서울시의 경우 지난 5년간 참여자 2,874명 중 60퍼센트 이상이 인턴 기간 종료 후 해당 기업에 정규직으로 채용됐다. 나머지 참여자도 대다수가 인턴 경력을 활용해 동종 업계에 일자리를 얻었다.

두 번째 방법은 아르바이트를 통해 현장 경험을 쌓는 것이다. 취업에서 가장 중요한 것은 얼마나 해당 분야의 전문성을 갖추고 있느냐다. 정규직으로 시작하면 가장 좋겠지만, 목표만 뚜렷하다면 아르바이트도 충분히 '경력'이 될 수 있다. 가능하면 편의점 같은 단순한 일보다 보수가 좀 적더라도 나중에 업무 능력을 어필할 수 있는 일을 선택하는 것이 유리하다. 업종에 따라 봉사 활동도 기회가 될 수 있다.

## 학업과 인맥 두 마리 토끼를 동시에!

원하는 직종에 진입 자체가 불가능한 경우도 있다. 소위 전문직들이 그렇다. 자격은 있는데 경력이 없어서 취업하기 어렵거나, 경력을 만들고 싶어도 진입 자체가 어려워 자포자기하기 십상이다.

그럴 땐 다시 학교로 돌아가는 것도 방법이 될 수 있다. 공부를 통해 학위를 따게 되면 '그동안 쉬었다.'는 불리한 이미지를 날려 버릴 수 있고, 다양한 네트워크를 통해 보다 확실한 취업정보를 얻을 수 있다.

김정희 씨(41세)는 결혼 후 아이가 젖을 떼자 임상 심리사에 도전하였다. 대학 때 심리학을 전공해 자격은 이미 갖추고 있었다. 하지만 병원들은 관례적으로 대학을 갓 졸업했거나 대학원에 다니는 사람을 수련생으로 뽑아 전업주부에겐 취업의 문턱이 너무 높았다.

정희 씨는 고심 끝에 대학원에 진학했다. '아줌마'라는 편견을 깨려면 대학원 학위가 유리하다고 판단한 것이다. '공부'가 아닌 '취

아 내 가   내 일 을   잡 았 다

업'을 목표로 했기 때문에 네트워크를 만들 수 있는 학회에 들어가 적극적으로 활동했다. 얼마 지나지 않아 학회에서 임상 심리사로 일하는 박사 과정 선배를 알게 됐고, 이 선배를 통해 병원에서 수련할 기회를 얻을 수 있었다. 수련을 마치자 취업 선배들이 구인 정보를 알려 주었고, 정희 씨는 취업에 성공할 수 있었다. 그녀는 현재 8년의 공백을 깨고 3년째 임상 심리사로 활동 중이다.

마음먹기도 어렵지만 취업에 성공하기는 더 어렵다. 갈 길이 멀고
험난한 만큼 조급하고 불안한 마음이 앞선다. 이럴 때 빠지기 쉬운
유혹이 바로 취업 사기다. 급행열차라고 판단해 올라탔다가 돈과
시간만 낭비하고 처음부터 다시 시작하는 사람들이 적지 않다.
취업 포털 커리어(www.career.co.kr)가 2008년 10월 구직자 1,152명
을 대상으로 설문 조사한 결과에 따르면, 응답자의 절반에 달하는
42.7퍼센트가 구직 활동 중에 취업 사기 피해를 경험한 적이 있다고
답했다. 취업 사기에 속지 않으려면 그만큼 준비하고 대비하는 방
법밖에 없다.

## 지나치게 월급이 많은 곳은 눈길도 주지 마라

초보자도 할 수 있는 업무라면서도 보수가 상대적으로 높으면 일단 의심해 봐야 한다. 특히 지하철이나 생활 정보지 등에서 쉽게 볼 수 있는 '월 200만 원 이상 보장, 사무·관리직 구함', '100퍼센트 취업 보장' 등을 내건 구인 광고에는 아예 눈길도 주지 말아야 한다.

이소정 씨(41세)는 일자리를 찾던 중에 관리직에다가 연봉도 높고 처우 조건도 괜찮은 회사를 발견하고 곧바로 입사를 결정했다. 그러나 출근 첫날 교육 연수를 받으러 간 자리에서 "관리직을 잘하기 위해서는 판매를 알아야 한다."며 정수기와 공기 청정기를 팔아 오라는 말을 들었다. 판매를 가장 많이 한 사람에게 관리 소장직을 준다고도 했다.

소정 씨는 주변에 말을 건넸지만 워낙 고가여서 팔릴 리가 없었다. 어쩔 수 없이 그녀는 모아 둔 돈으로 스스로 물건을 구입했다. 높은 연봉에 대한 대가로 생각했다. 그러자 회사에서는 소정 씨 명의로 사업자등록을 하고, 전화를 개설해야 한다고 했다. 그때서야 그녀는 다단계 회사의 사기에 넘어간 것을 알았다.

다단계 회사의 전형적인 수법이 바로 안정된 관리직으로 모집하여 상품 판매와는 무관한 것처럼 안심시킨다는 것이다. 그러고는 판매원들을 관리 감독하기 위한 절차라며 물품 판매를 강요하고, 항의가 들어오면 무대포로 대응해 알아서 그만두도록 한다.

괜찮은 구인 정보를 발견했다면 일단 회사에 전화를 걸어 어떤 일을 하는 곳인지 알아보고, 회사의 설립연도나 직원 수 등을 정확하게 확인해야 한다. 만약 업무 내용을 자세하게 설명해 주지 않거나, 일단 회사로 찾아오라고 한다면 다단계 회사일 가능성이 높다. 대기업 이름을 들먹이며 계열사나 관계사를 사칭하는 곳도 주의해야 한다.

### 학원 수강을 강요하는 곳은 100퍼센트 사기 업체다

최근 들어 유행하고 있는 취업 사기 유형이 바로 학원 수강이다. 업무상 자기 회사에 맞는 직무 능력을 갖춰야 한다면서 회사가 지정한 교육 기관에서 전문 교육을 받고 오면 100퍼센트 채용하겠다고 약속한다. 하지만 자비로 교육을 받은 후엔 언제 그랬냐는 듯 '오리발'을 내미는 수법이다.

전업주부들은 일반적으로 직무 능력에 대한 자신감이 적기 때문에 아무 의심 없이 학원 수강 요구를 덥석 받아들이는 경우가 많다. 이는 전업주부들이 다단계보다 학원 수강 사기에 보다 쉽게 노출되는 이유다.

송지연 씨(32세)도 그랬다. 지연 씨는 최근 인터넷 구직 사이트에서 웹 디자이너를 채용한다는 공고를 보고 면접을 봤다. 회사에서는 입사 조건으로 자사에서 3개월간 웹 교육을 받아야 한다며 교육비

명목으로 180만 원을 요구했다. 지연 씨는 3개월 후 정식으로 채용된다는 약속을 믿고 울며 겨자 먹기로 교육비를 냈다.

하지만 교육이 끝난 후 회사에서는 '실력을 평가한 후 채용 여부를 판단하는 것이 회사 방침'이라며 끝내 채용하지 않았다. 결국 지연 씨에겐 직장은커녕 카드 빚만 남았다.

취업에서 가장 중요한 것은 취업에 임하는 태도다. 남들보다 빠르고 편하게 높은 연봉만 좇는 행위는 취업 사기를 당하는 지름길이다. 아무리 강조해도 지나치지 않다. 전업주부에게 '급행열차'는 없다.

# 나만의 방식으로 만들어 가는 내·일

산 정상에 오르는 길이 다양하듯이
사람이 살아가는 길도 다양하다.
그중 어떤 길이 옳고 성공적이라고는 말할 수 없다.
당신이 사회로 복귀하기 위해 선택한 길이
비록 남들보다 멀리 돌아가는 듯해도
혹은 너무 험난하다고 해도 결국 산 정상에서
맑은 공기와 탁 트인 시야를 즐기게 될 것이다.
그리고 그 순간 당신만의 방식으로
당신의 삶을 온전히 즐길 수 있을 것이다.

# 혼자서는 막막한 당신, 전문 기관을 적극 활용하라

재취업 성공의 관건은 '실력'과 '인맥'이라고 해도 과언이 아니다. 기업이 원하는 전문 지식과 실무 능력을 갖추는 것은 기본이고, 경력 공백이 있는 당신을 취업으로 연결시켜 줄 다양한 인맥을 보유하고 있어야 한다.

실력과 인맥을 원스톱으로 해결할 수 있는 곳이 있다. 바로 전문 직업훈련기관이다. 여성부와 민간단체가 공동으로 운영하는 여성 인력개발센터와 각 지자체에서 운영하는 전국 104개 여성 회관이 대표적이다.

이들 기관에서는 당신이 재취업을 원하는 직종에 진입하기 위해 필요한 전문 교육을 제공할 뿐 아니라, 취업 설계사를 통해 해당 분야의 채용 정보를 신속하게 알려 준다. 또 추천이나 소개 등 비공식적인 경로를 통해 일자리를 얻을 수 있는 기회를 제공한다.

대학 부설 평생교육원이나 직업전문학교 등에서도 여성의 눈높이에 맞춘 전문적인 직업 훈련 프로그램의 개설을 늘리고 있는 추세다. 특히 최근에는 경력 단절 여성만을 위한 재취업 전문 기관인 새일센터가 문을 열어 보다 전문적인 서비스를 받을 수 있다.

먼저 집에서 가까운 직업훈련기관을 찾아보고, 내가 원하는 직종에 대한 교육 프로그램이 있는지 확인하자. 새일센터나 여성인력개발센터, 여성 회관의 경우 정부에서 교육비의 80퍼센트를 지원하기 때문에 저렴한 비용으로 수강이 가능하다. 또한 이들 기관에서는 방과 후 교사, 독서 지도사 등 교육 분야, 텔레마케터, 보험 설계사 등 영업 분야, 웹 디자이너, 프로그래머 등 IT 분야, 베이비 시터, 산후 조리사 등 사회 복지 분야, 피부 관리사 등 미용 분야, 웨딩 플래너 등 웨딩 분야처럼 여성이 접근하기 용이한 다양한 분야의 직업 훈련 프로그램을 운영하고 있다.

기관에 따라 기업체와 협약을 맺어 현장 실습 교육을 제공하거나, 교육 수료생을 특기생으로 선발하는 경우도 있으니 적극적으로 활용해 보자.

처음에는 의욕 있게 시작했어도 한동안 공부와 거리를 뒀던 만큼 생각처럼 잘되지 않을 것이다. 당신의 머리가 나쁘다거나 소질이 없어서가 아니라 모두들 겪는 일이므로 자책하지 말고 꾸준히 노력하는 자세가 중요하다.

**"경기도 여성능력개발센터에서 찾은 인생 제2막"**
 : 장수연(홈페이지 제작 프로젝트 매니저)

장수연 씨(38세)는 2008년 1월부터 홈페이지 제작 회사에서 프로젝트 매니저로 일하고 있다. 수연 씨가 다니는 회사는 기업과 계약을 맺어 정해진 기간 내에 홈페이지를 제작해 주는 곳이다. 요즘에는 주로 유학이나 이민 관련 업체의 일을 맡고 있다. 팀장과 프로젝트 매니저(PM), 웹 디자이너, 프로그래머 총 5명이 팀을 이뤄 프로젝트를 담당한다. PM인 수연 씨가 맡은 업무는 프로젝트 기획과 홈페이지 스토리 보드 작성, 일정 관리 등이다.

그녀는 일을 하기 전까지 10년간 전업주부였다. 그녀가 10년이라는 공백을 깨고 중간 관리자인 PM으로 재취업할 수 있었던 비결은 무엇일까?

### 📊 자신의 현재 위치 파악하기

2년제 대학 전산학과 졸업, 의류 회사 전산실 4년, 전산 학원 강사 2년의 경력을 가진 수연 씨. 결혼 후에도 공부에 대한 욕심으로 방송통신대학에 입학하여 소프트웨어 공학을 공부했다. 이후에도 막연히 일을 하고 싶다는 생각에 전업주부들이 쉽게 접근할 수 있는 베이커리와 독서 지도사 등을 배우러 다녔다. 그중 독서 지도사는 1년간 집중해서 공부했지만, 경력도 없는데다 이공계를 전공한 탓에 취업은커녕 과외도 할 수 없었다. 수연 씨는 이 경험을 통해 재취업 현장에서는 자격증보다 전공이나 과거 경력이 더 중요하다는 사실을 깨달았다.

### 📊 정보 조사와 교육 받기

고민 끝에 소프트웨어 공학 전공을 살려 프로그래머에 도전하기로 했다. 하지만 결혼 전 직장을 다니면서 취미 삼아 독학으로 홈페이지를 만들어 본 적은 있지만, 정식 프로그래머 일을 해본 적도 없는데다, 그나마 배운 것도 다 잊어버린 상태였다. 다시 배우기로 결심했지만, 학원비 부담이 컸다. 얼마 지나지 않아 경기도 여성능력개발센터에서 IT 분야 전문 교육을 실시한다는 사실을 알게 됐다. 정부에서 교육비의 80퍼센트를 지원해 줘 과목당 한 달에 2만 원 정도면 충분했다. 우선 프로그래머가 되기 위해 필요한 교육 과정을 체크했다. 가격이 저렴하여 우려가 되었지만, 교육의 질과 강사 수준도 IT 교육만 운영해서 그런지 웬만한 사설 학원보다 나았다. 자신처럼 프로그래머가 되길 꿈꾸는 또래 전업주부들과 함께 공부도 하고 마음을 나눌 수 있다는 것도 매력적이었다.

## 📶 경력 쌓기

누구보다 열심히 공부하여 어느 정도 실력을 쌓은 후, 이곳저곳에 이력서를 냈지만 번번이 낙방했다. 현장에서 활동하는 프로그래머들이 대부분 20대 초중반인 데 비해, 수연 씨는 나이도 많고 경력도 없었기 때문이다. 그러던 어느 날 홈페이지 제작 회사를 운영하고 있는 동료 수강생이 직원 한 명이 갑자기 그만두게 됐다며 잠시 동안만 일해 달라고 부탁해 왔다. 희망하던 업무가 아니라 잠시 망설였다. 하지만 홈페이지 제작 경험을 쌓을 수 있고, 무엇보다 '경력'을 만들 수 있는 좋은 기회여서 비록 임시직이지만 마지막 기회라 생각하고 열심히 일했다.

## 📊 진로 변경하기

당시 그녀가 맡은 업무는 PM이었다. 거래처와 홈페이지 제작에 관한 의견이나 일정을 조율하고, 프로그래머와 디자이너 업무를 관리하는 일이었다. 수연 씨는 이 회사에서 일하기 전까지 PM이라는 직업이 있는지도 몰랐다. 하지만 시간이 흐를수록 프로그래머보다 PM이 자신의 적성에 더 잘 맞는다는 것을 깨달았다.

그녀는 비록 실전 경험은 없지만, 웹 디자이너와 프로그래머 업무를 모두 파악하고 있고 나이가 많아 주로 20대 중후반에서 30대 초반이 대부분인 사람들을 이끌고 업무를 수행하는 데 제격이었다.

이후 그녀는 프로그래머에서 PM으로 진로를 바꿨다. 그리고 6개월 경력을 토대로 구직 활동에 나선 결과 1개월 만에 지금의 회사에 취업할 수 있었다.

## 📊 역량 강화하기

일단 진입에는 성공했지만 10년 공백은 생각보다 컸다. 보통 PM의 경우 프로그래머 경력 10년차 이상이 대부분인지라 아직 모자란 전문 지식을 배우는 한편, 현장 경험을 터득하는 것이 급선무였다. 수연 씨는 수소문 끝에 현장 PM들로 구성된 스터디 모임이 있다는 걸 알게 됐다. 이후로 열심히 참여하며 차곡차곡 경험을 쌓아 가고 있다.

# 자격증은 당신의 또 다른 이력서

무턱대고 이력서 한 장만으로 바늘구멍보다 좁다는 취업문을 통과할 수는 없다. 특히 나이 제한의 벽은 당신의 생각보다 높고 단단하다. 이를 넘기 위한 하나의 방법이 바로 자격증이다. 자격증은 특정 분야에 진입하기 위한 필요조건인 동시에, 경력 단절 전업주부에게는 자신의 능력을 객관적으로 증명할 수 있는 효과적인 수단이 된다.

자격증은 그 종류에 따라 직업과 급여 수준이 천차만별이다. 우선 4년제 대학 또는 전문 대학원에서 관련 전공을 이수한 사람만 응시할 수 있는 자격증이 있다. 의사, 약사, 임상 심리사, 변호사 등 고소득 전문직부터 교사, 간호사, 사회 복지사, 영양사까지 다양하다.

별도의 학력 자격 없이도 응시가 가능한 전문직도 있다. 법무사, 공인 회계사, 세무사 등 경영·금융 관련 직종과 정보 보호 전문가, 데이터 베이스 관리자 등 IT 분야 직종이 대표적이다. 이 외에도 직업 상담사, 피부 미용사, 조리 기능사 등 고소득은 아니지만 전업주부들이 쉽게 도전할 수 있는 자격증도 많다.

자격증에 관한 정보는 한국산업인력공단(www.hrdkorea.or.kr)과 여성워크넷 홈페이지 등에서 검색이 가능하다.

자격증을 취득할 때는 적성과 과거 경력 등을 고려해 자신에게 가장 적합한 직업을 선정한 후, 해당 분야에서 가장 인정받는 자격증을 선택해야 한다. 가능하면 최고 급수를 노리는 것이 전문성을 높이는 요령이다.

자격증 발급 주체가 누구인지도 잘 따져야 한다. 현행 자격기본법에 따르면 누구나 자유롭게 민간 자격증을 발급할 수 있다. 최근에는 취업 100퍼센트를 보장한다는 허위 광고로 자격증 장사를 하는 기관도 늘고 있다. 가능하면 정부 부처나 국가공인기관에서 발부하는 자격증을 취득하는 것이 안전하며, 실제 취업에서도 인정받을 수 있다.

자격증은 독학이 가능하지만, 단기간에 마스터하고 싶거나 별도의 실기 시험이 있는 경우 교육 기관에서 공부하는 것이 유리하다.

여성인력개발센터 등 정부가 교육비의 일부를 지원하는 여성 직업 훈련기관에서 다양한 자격증 대비반을 운영하고 있으니 참고하자.

여기서 한 가지 짚고 넘어갈 것이 있다. 자격증을 취득하면 취업에 유리한 것은 사실이지만, 자격증만 있으면 반드시 취업이 된다는 생각은 버려야 한다. 이 같은 생각은 많은 전업주부들이 힘들게 자격증을 따놓고도 재취업에 실패하는 가장 큰 이유가 된다.

자격증은 당신이 해당 분야에서 요구하는 능력을 갖추고 있음을 증명하는 것에 지나지 않는다. 따라서 한발 더 나아가 아르바이트나 자원봉사를 통해서라도 현장 경험을 쌓아야 재취업에 성공할 수 있다.

**"자격증으로 꼭 맞는 직업 찾았죠."**
 : 윤현아(직업전문학교 직업 상담사)

윤현아 씨(37세)는 2008년 1월부터 직업전문학교에서 직업 상담사
로 일하고 있다. 직업 상담사란 쉽게 말해 구직자들이 자신에게 가
장 적합한 직업을 찾을 수 있도록 도와주는 사람을 말한다. 적성 검
사를 토대로 교육 정도와 경력, 자격증, 희망 연봉 등을 종합적으로
분석해 알맞은 직업을 추천해 주고, 취업에 필요한 교육 훈련과 경
력 개발 방법 등을 컨설팅해 주는 일을 하고 있다.

직업 상담사는 고용 기관과 경력에 따라 급여 차이가 있는데, 현아
씨는 중간치인 150만 원 정도를 받고 있다. 그러나 그녀는 직업 상

담사로 일하기 1년 전만 해도 이런 직업이 있는지조차 몰랐다. 8년 차 전업주부로 누구 못지않게 재취업에 어려움을 경험했던 현아 씨가 오히려 다른 사람의 취업을 도와주는 직업 상담사가 될 수 있었던 비결은 무엇일까?

### 📶 자신의 현재 위치 파악하기

4년제 대학에서 사회 복지학을 전공, 졸업 후 아동복지시설에서 사회 복지사로 일한 경험이 있는 현아 씨. 아이들이 유치원에 다니며 여유가 생기자 자신의 경력을 살려, 집 근처 청소년센터에서 상담원으로 자원봉사를 하였다. 일주일에 3일 오전에만 센터에 나가 온라인 상담과 전화 상담에 응하는 봉사 활동이었다. 오랜만에 하는 일이어서 처음에는 어색했지만, 시간이 지날수록 상담하는 일에 흥미가 생겼다. 점차 자원봉사가 아니라 정식으로 일해 보고 싶다는 생각이 들었다.

### 📶 직업 탐색하기

현아 씨는 자원봉사를 시작한 지 1년 만에 사회 복지사로 일한 과거 경력과 봉사 경험을 살려 상담사가 되기로 결정했다. 우선 경험이 있는 청소년 상담사에 대해 알아봤다. 대학에서 사회 복지학을 전공한 경력으론 3급 자격증밖에 응시할 수 없었다. 현아 씨는 좀 더 범위를 넓혀 상담 관련 직업에 대해 조사했다. 그러던 중 워크넷 홈페이지에서 직업 상담사를 발견했다. 처음 들어 본 직업이었지만 국가 자격증이고, 고용지원센터나 지자체가 운영하는 기관에 공무원으로 취직이 가능했다. 더욱이 여성인력개발센터 등 여성 전문 직업훈련기관과 직업전문학교 등에서도 직업 상담사 채용이 늘고 있는 추세였다.

현아 씨는 고민 끝에 직업 상담사가 되기로 결정했다. 요즘처럼 취업하기 힘든 시대에 직업 찾기를 도와주는 직업이야말로 성장 가능성이 높은 분야라고 판단한 것이다. 무엇보다 자신처럼 취업 때문에 고민하고 힘들어하는 사람들에게 실질적인 도움을 줄 수 있다는 점도 매력적이었다.

### 📊 정보 조사와 교육 받기

현아 씨는 집에서 가장 가까운 여성인력개발센터를 찾아가 직업 상담사 과정에 등록했다. 9개월 후 현아 씨는 직업 상담사 2급 자격증을 취득할 수 있었다. 이후 매일 직업 상담사 채용 공고를 확인한 그녀는 한 달 후 집에서 1시간 거리에 있는 직업전문학교에 지원하였다. 비록 직업 상담사로서의 경험은 없었지만, 자격증과 지난 2년간의 상담 활동을 인정받아 곧바로 취직할 수 있었다.

## 📊 역량 강화하기

현아 씨는 요즘 단순 상담에만 만족하는 것이 아니라 실질적 도움을 줄 수 있도록 최근 고용 동향이나 새로운 직업에 대한 정보를 조사하고 분석하는 일도 열심히 하고 있다. 새로운 목표도 세웠다. 좀 더 현장 경험을 쌓은 후에 직업 상담사 공무원에 도전하기로 한 것이다. 지금 일하는 곳도 나쁘지 않지만, 보다 안정된 곳에서 일하고 싶은 욕심이 생겨서다. 실무 경력 3년이 지나면 1급 자격증을 목표로 다시 공부도 시작할 계획이다.

# 사회적 일자리, 들어 보셨나요?

새로운 직원을 채용하는 곳은 기업만이 아니다. 정부와 비영리 단체에서도 '사회적 일자리 사업'이라는 이름으로 다양한 일자리를 제공하고 있다. 다른 구직자들보다 취업 기회가 적은 전업주부들에게는 경쟁이 치열한 대기업이나 중소기업 위주의 구직 활동보다, 사회적 일자리라는 '취업의 틈새시장'을 공략하는 것이 훨씬 유리할 수 있다.

특히 최근 들어 사회적 일자리가 고용 불황을 최소화시켜 줄 대안적 일자리로 떠오르면서 일자리 수가 급격히 늘고 있는 추세다. 고용 분야도 돌봄 서비스나 친환경 먹을거리 등 여성 친화적 분야의 비중이 높은 편이다. 사업 초기에는 저소득 취약 계층만을 고용 대상으로 했지만, 최근에는 개방 폭이 넓어지면서 문턱이 낮아졌다.

사회적 일자리란 사회적으로 꼭 필요하지만 수익성이 낮아 일반 기업이 참여하기 어려운 사회 서비스 직종에 대해, 정부나 기업이 자금을 지원해 비영리 단체가 운영, 제공하는 일자리를 말한다. 방과 후 교사나 장애인 활동 보조인, 노인 돌보미, 가사·간병 도우미, 방문 간호 보조원 등이 대표적이다. 이 사업을 통해 2008년 한 해 동안만 6,000명이 새로 일자리를 얻었으며, 2009년에도 1만 2,000명이 고용될 예정이다.

최근에는 사회적 일자리 사업을 기업화한 사회적 기업도 속속 등장하고 있다. 정부나 기업의 지원이 끊기면 일자리도 없어지는 기존 한계를 극복하기 위해서다. 노동부도 지난 2007년 7월 '사회적 기업 육성법'을 제정해 일정 기준을 통과한 기관을 사회적 기업으로 인증하고, 해당 기업 직원들에게 월 84만 원의 인건비와 4대 보험료 등을 지원해 주고 있다. 사회적 기업으로 인증받기 위해서는 일자리의 절반 이상을 취약 계층에서 채용하거나, 사회 서비스의 절반 이상을 취약 계층에게 무상으로 제공해야 한다.

2008년 12월까지 총 194개 기관이 사회적 기업 인증을 받았으며, 이를 통해 2009년 총 4,000명이 새로운 일터를 갖게 될 전망이다. 주목할 만한 점은 2008년 사회적 기업을 통해 취업에 성공한 사람

아 내 가   내 일 을   잡 았 다

의 76퍼센트가 여성이고, 이중 30~50대 중반 여성이 60퍼센트 이상을 차지했다는 것이다.

물론 사회적 일자리는 일반 기업보다 임금이나 근로 조건이 열악하다. 하지만 몇몇 기업이 중심이 되어 수익 구조를 개선해 고용의 질을 높이고 있는 추세다. 저소득 취약 계층에게 꼭 필요한 사회 서비스를 무상으로 지원한다는 점에서 그 어떤 일보다 보람이 큰 직업이라고 할 수 있다.

시야를 넓혀라. 새로운 기회가 보일 것이다.

**"눈을 돌렸더니 새로운 길이 보였어요."**
: 장효순(다솜이재단 간병인)

장효순 씨(49세)는 2008년 5월부터 다솜이재단에서 간병인으로 일
하고 있다. 다솜이재단은 여성 가장을 간병인으로 고용하여, 저소
득 취약 계층에게 무료 간병 서비스를 지원하는 대표적인 사회적
기업이다. 교보생명이 인건비와 운영비 등의 재정을 지원하고, 비
정부기구(NGO)인 실업극복국민재단이 운영과 관리를 담당하고 있
다. 2007년 11월에는 노동부로부터 사회적 기업 인증을 받아 정부
로부터 인건비의 일부를 지원받고 있다.

보통 간병인은 '힘들고 고된 직업' 중 하나로 인식되어 있다. 일이

힘든 반면 상대적으로 적은 보수 때문이다. 그러나 효순 씨는 정규직과 다름없는 대우를 받는다. 비록 계약직이지만 4대 보험과 퇴직금이 보장되고, 간병 도중 사고가 날 경우를 대비해 재단에서 배상 보험과 상해 보험에도 가입해 줬기 때문이다.

그녀는 보통 오전 8시부터 오후 6시까지 근무하는데, 급여는 근무 시간에 따라 100~130만 원으로 민간 간병 업체의 간병인보다 많이 받는다.

그런데 23년간 전업주부로 살아온 준희 씨가 사회 진출에 성공한 비결은 무엇일까?

### ᵘᴵᴵ 자신의 현재 위치 파악하기

효순 씨는 어릴 때부터 남을 돕는 일을 하고 싶었다. 그래서 고등학교 졸업 후 간호 조무사 자격증을 취득했고, 결혼 전까지 4년간 조무사로 일했다. 결혼과 동시에 일을 그만둔 이유는 두 가지였다. 그 당시에는 기혼 여성이 일을 계속하는 경우가 거의 드물었고, 준희 씨 역시 자신의 아이들은 직접 돌봐야 한다고 생각했던 것이다.

아이들이 어느 정도 자라자 준희 씨는 봉사활동을 다니기 시작했다. 아이들 때문에 회사에 다닐 수는 없었지만, 일주일에 몇 시간만 투자하면 되는 자원봉사는 얼마든지 가능했다. 효순 씨는 다니던 성당에서 운영하는 노인 대학에서 7년간 수발 봉사를 했고, 이후에는 수녀님들이 운영하는 미혼모보호시설에서 갓난아기들을 돌보아왔다. 그러다 아이들도 모두 장성하고 살림마저 어려워지자 재취업을 결심하기에 이르렀다. 하지만 50살을 바라보는 나이에 학벌도 경력도 없었기에 도전할 수 있는 직업은 많지 않았다. 다시 공부하여 새로운 직업에 도전하는 것은 벅찬 일이었다. 그녀는 고민을 거듭하던 끝에 과거 경력을 살려 간병 일에 도전하기로 했다.

### ▁▅ 직업 탐색하기

효순 씨는 조무사 경력이 있긴 했지만 23년간이나 일을 쉬었고, 결정적으로 나이가 많았다. 특히 사설 간병 업체들은 대부분 처우가 좋지 않았다. 정규직은 기대할 수도 없었고, 일이 고된 데 반해 보수는 지나치게 적었다.

그러던 중 결혼 전 함께 조무사로 일하던 친구로부터 다솜이재단에 대해 듣게 되었다. 처음엔 사회적 기업이라고 해서 큰 기대를 하지 않았지만 알아보니 사설 간병 업체보다 근무 조건이 훨씬 좋았다. 또 여성 가장을 우선적으로 채용하고 있어 효순 씨에겐 다른 어느 곳보다 유리했다. 그리하여 그녀는 그곳에 지원하여 운 좋게도 바로 취업에 성공할 수 있었다.

## 📶 역량 강화하기

효순 씨가 다솜이재단에 취업한 후 2개월 뒤 요양 보호사라는 국가 자격증이 생겼다. 2008년 7월 이후부터 다솜이재단에서 근무하려면 요양 보호사 자격증이 필요했다. 이에 효순 씨는 뒤늦은 공부를 시작했다. 퇴근 후 저녁 시간과 주말을 이용해 공부한 결과, 한 달 만에 자격증을 취득할 수 있었다.

그녀는 현재 23년 만의 재취업이라는 사실이 믿기지 않을 정도로 누구보다 실력을 인정받고 있다. 평소 자원봉사 활동을 통해 다져진 현장 경험이 자격증 취득을 통해 얻은 이론적 지식과 만나면서 시너지 효과를 낸 것이다.

# 무모하다고 비웃지 마라,
# 첫 취업 도전!


사랑에 미쳐 선택한 결혼, 나이 30살을 훌쩍 넘긴 지금에 와서 일이 하고 싶은데 해본 일이라곤 대학 시절 아르바이트가 전부다. 과연 이런 전업주부도 취업이 가능할까?

첫 취업이 재취업보다 험난한 것은 사실이다. 경력도 전무하며, 결정적으로 자신이 무엇을 잘하고 못하는지 파악할 기회조차 가지지 못했다. 이러하니 어디서부터 어떻게 준비해야 할지 막막하기만 할 것이다.

그렇다고 길이 없는 것은 아니다. 결혼 전 직장 생활을 했던 전업맘 중에서 과거 경력을 살려 재취업에 나서는 경우는 사실 절반 정도에 불과하다. 나머지 절반은 전혀 새로운 직업에 도전한다. 이전

아 내 가   내 일 을   잡 았 다

직업이 적성에 맞지 않아서, 혹은 비전이 없어서, 전에 몰랐던 새로운 자질을 발견해서 등 그 이유도 가지각색이다. 첫 취업이라고 해서 주눅 들 필요가 없다는 얘기다.

그렇다고 해서 '무조건 열심히 하겠습니다.'는 통하지 않는다. 기업은 경력자를 선호한다. 당신에게 내세울 경력이 없다고 해도 실망하지 말기를. 아르바이트도 한 줄의 경력이 되기 때문이다. 단순한 아르바이트라고 무시해선 안 된다. 면접을 볼 때 아무것도 하지 않은 것과 비록 아르바이트라도 사회 경험이 있는 것과는 천지 차이다. 당신이 자기 계발을 위해 노력했다는 증거가 되기 때문이다.

아르바이트라고 해도 다양한 직종만큼이나 업무 수행에 필요한 기술과 능력에도 엄청난 차이가 있다. 가능하다면 원하는 취업 분야에 가깝고, 기업이 원하는 실무 능력을 배울 수 있는 아르바이트를 선택하라. 만약 그런 일을 찾기 힘들다면 아르바이트를 통해 일에 대한 책임 의식과 근성을 배울 수 있도록 노력하라. 맡은 일은 완벽하게 처리하고, 모르는 것은 꼭 물어봐서 다음엔 실수하지 않도록 한다. 약속한 시간은 무슨 일이 생겨도 지키고, 어떤 어려움이 있어도 스스로 정한 기간까지 버텨라.

수많은 약점 속에서 단 하나의 강점을 만들어 내는 노력이 첫 취업에 도전하려는 당신에게 가장 필요한 자세다.

"실력보다 용기가 첫 취업 비결이죠."
: 양소희(유치원 영어 파견 교사)

양소희 씨(35세)는 올해로 4년째 유치원에서 영어 파견 교사로 활동
하고 있다. 일하는 곳은 유치원이지만, 월급은 출판사에서 받는다.
출판사가 유치원에 영어 교재를 판매하고 영어 교사를 파견해 주는
시스템이기 때문이다. 교사마다 일하는 요일과 시간대가 다른데,
소희 씨는 월요일부터 목요일까지 4일간 오전 10시부터 오후 2시까
지만 일한다. 그런데도 웬만한 유치원 교사보다 월급이 더 많다.
이뿐만이 아니다. 소희 씨는 얼마 전까지 초등학교에서 주말 방과
후 영어 교사로 일했고, 최근에는 금요일마다 도서관에서 영어 동

화 스토리텔링 프로그램을 맡아 진행하고 있다. 투잡족인 셈이다. 누가 봐도 인정받는 영어 교사로 활동하고 있지만, 사실 그녀에겐 남들이 모르는 비밀이 있다. 그것은 바로 영어를 전공하지도 않았고, 이 일을 하기 전까지 단 한 번도 직장 생활을 해본 적이 없다는 것이다. 취업의 세계에 그야말로 맨몸으로 부딪혀 성공한 그녀의 비결을 들어 보자.

### 📶 자신의 현재 위치 파악하기

미술 학원과 유치원에서 미술 교사로 아르바이트를 해본 경험이 전부인 소희 씨. 아이들이 어렸을 때는 육아에만 전념하다, 아이들이 자라면서 시간적 여유가 생기자 일을 해보고 싶다는 생각이 들었다. 우선, 자신의 학력과 경험 중에 살릴 수 있는 것을 살펴보았다. 2년제 대학 식품영양학과 졸업, 이후 4년제 미대 편입, 교육학 복수 전공이 경력의 전부였다. 결국 소희 씨는 미대와 교육학 전공을 살려 미술 교사가 되기로 결심했다. 우선 1년 예정으로 임용고시 준비를 했지만, 진입 장벽이 너무 높았다. 1년에 전국에서 적으면 2~3명, 많아도 30명 정도만 선발하기에 경쟁이 치열했다. 소희 씨는 이에 과감하게 미술 교사를 포기했다. 기약도 없는 일에 매달리는 것은 시간과 돈 낭비라고 판단했기 때문이다.

소희 씨는 첫 번째 실패를 교훈 삼아 이번에는 자신이 좋아하는 일이 무엇인지 찾아보았다. 그러다 자신이 어려서부터 영어에 관심이 많아 아이들 영어도 직접 가르쳤던 것을 떠올렸다. 대학 때 교육학을 이수했고, 비록 아르바이트지만 교사로 일했던 경험도 있어 이 둘을 동시에 충족시킬 수 있는 유아 영어 교사에 도전하기로 한 것이다.

### 📶 정보 조사와 교육 받기

소희 씨는 영어 교사 중에서도 영어 독서 지도사에 도전하기로 했다. 그리고 마침 집 근처에 있는 여성인력개발센터에서 영어 독서 지도사 과정을 운영하고 있었다. 소희 씨는 곧바로 수강 신청을 하고, 매주 토요일 하루 2시간씩 10개월간 수업을 들었다. 수강료도 10개월에 15만 원으로 저렴한 편이어서 부담이 없었다.

그러나 영어의 벽은 생각보다 높았다. 전공이 아니어서 그런지 발음이나 표현력이 부족했다. 소희 씨는 생활 회화 교재와 영어 교재 등을 따로 구입해 독학으로 부족한 부분을 공부해 가며 실력을 쌓아 나갔다.

### 📶 진로 변경하기

동료 수강생 중에는 자신처럼 전업주부도 있었지만, 영어 전공자나 현직 영어 교사 등 관련 분야에 종사하는 사람들도 많았다. 소희 씨는 그중 한 명에게서 유치원 영어 파견 교사라는 직업에 대해 듣게 됐다. 말 그대로 유치원에 파견돼 영어를 가르치는 일인데, 영어 전공자가 아니어도 상관없으며, 일하는 시간도 자신이 정할 수 있다고 했다. 소희 씨는 유치원 영어 파견 교사에 대해 정보를 수집하기 시작했다. 그리하여 10분간 진행되는 모의 수업이 채용 관건임을 알게 되었다. 소희 씨는 영어 아르바이트와 수업에서 배운 것을 토대로 연습에 연습을 거듭했다. 어느 정도 자신감이 붙자 유치원 영어 파견 교사를 모집하는 출판사를 찾아가 이력서를 내고 모의 수업 시험을 봤다. 잘해야겠다는 욕심보다는 아이들이 자연스럽게 따라올 수 있도록 진행하는 데 역점을 뒀다. 그리고 다행히 이 전략이 성공하여 소희 씨는 드디어 첫 직장을 가질 수 있었다.

## 📊 역량 강화하기

막상 유치원 현장에 나가 보니 아이들을 다루는 일이 쉽지 않았다. 영어를 좋아하고, 가르치는 일에 행복을 느끼는 소희 씨는 계속 일을 하기 위해서는 스스로 더 노력하는 수밖에 없다고 생각했다. 그래서 게임, 놀이, 노래, 율동 등 영어 교수법을 공부하는 한편, 아이들을 집중시키기 위해 평소보다 목소리를 크게 내는 연습도 하고 있다. 최근에는 부족한 영어 실력을 보강하기 위해 영어 동화 스토리텔링을 전문적으로 배우고 있다.

# 내 목표는 CEO, 창업에 도전하다

취업만큼 '적성'을 따져야 하는 것이 바로 창업이다.
누구나 할 수 있는 일이 창업이지만
동시에 누구나 잘할 수 없는 일이 창업이다.
특히 직장은 그만두면 끝이지만
창업은 실패할 경우 막대한 경제적 손실로 이어진다.
당신은 왜 창업에 도전하려고 하는가.
혹시 취직에 대한 두려움 때문은 아닌지,
사업가로서의 자질은 충분히 갖추고 있는지
스스로를 돌아보자.

# 직장은 싫어! CEO를 꿈꾼다

경기가 나쁠수록 취업보다 먼저 떠올리는 것이 바로 창업이다. 일자리 자체가 줄어들어 취직이 만만치 않기 때문이기도 하지만, 별도로 직업 훈련을 받거나 까다로운 면접 절차를 거치지 않아도 종잣돈만 있으면 곧바로 '사장님'이 될 수 있기 때문이다. 특히 직장 경험이 없는 전업주부들에게 창업은 매력적인 일자리가 아닐 수 없다.

그러나 '사장님' 유혹에 빠졌다가 가진 돈만 탕진하는 사람들이 적지 않다. 2008년 창업한 사람들 중 약 70퍼센트가 사업을 중도에 접었다는 조사 결과가 이를 증명한다. 물론 실패 원인은 꽁꽁 얼어붙은 경제와 주머니 사정일지도 모른다. 하지만 장사가 잘되는 곳은 불황 속에서도 사람들이 줄을 서서 기다린다. 무엇이 이런 차이를 만들어 낸 것일까.

많은 사람들이 창업을 떠올리면서 한 가지 간과하는 사실이 있다. 취업만큼이나 '적성'을 따져야 하는 것이 바로 창업이라는 사실이다. 누구나 할 수 있는 일이 창업이지만 동시에 누구나 잘할 수 없는 일이 창업이다. 특히 직장은 그만두면 끝이지만 창업은 실패할 경우 막대한 경제적 손실루 이어진다.

당신은 왜 창업에 도전하려고 하는가. 혹시 취직에 대한 두려움 때문은 아닌지, 사업가로서의 자질은 충분히 갖추고 있는 건지 스스로에게 되물어 보자.


## 나에겐 장사꾼 소질이 있을까?

직업에 귀천이 없다고 생각해 온 당신. 그러나 막상 자신이 고객을 상대하는 입장이 되면 그 굴욕감은 말로 다 못한다.

2년째 세탁 전문 가맹점을 운영하고 있는 송정숙 씨(36세)는 지금도 가끔 왜 창업을 선택했는지 후회가 밀려온다. 옷이나 돈을 바닥에 던지는 고객부터 별의별 사람을 대하다 보면 일에 대해 진저리

아 내 가  내 일 을  잡 았 다

가 처지는 것이다. 속상한 마음에 '나도 결혼 전에는 대기업에 다니며 잘 나갔었는데……'라는 생각에 다다른다. 그럴 때면, '이제 그만 사업을 접을까.' 포기하고 싶어진다.

지금이라도 늦지 않았다. 당신에게 장사꾼 소질이 있는지 다시한 번 냉정하게 따져 보자. 누구나 텔레비전에 등장하는 성공한 여성 창업자가 될 수 있는 것은 아니다. 그럼에도 불구하고 창업에 도전하고 싶다면, 당신 안에 잠들어 있는 장사꾼 소질을 깨워라.

철저한 고객 우선주의로 무장하고, 웬만한 냉대에는 코웃음 칠수 있을 정도로 마음 자세를 고쳐먹어라. 도전을 즐기고, 장사가 잘 안 되면 적극적으로 변화를 시도할 줄 아는 여유를 가져라. 이 두 가지 조건을 충족시킬 수 있을 때 비로소 창업에 대한 기본 자세를 갖췄다고 할 수 있다.

그래도 감이 안 온다면 소상공인진흥원(www.sbdc.or.kr)이나 경기도 여성능력개발센터 등에서 무료로 제공하는 창업 적성 검사를 받아 볼 것을 권한다.

# 유행 좇는 '묻지 마 창업'은 실패의 지름길

이왕 창업을 할 거라면 안정적이면서도 수익성이 높은 업종을 선택하는 것이 당연하다. 그러나 아무리 좋은 아이템이라 하더라도 자신의 적성과 맞지 않는다면 포기할 줄 아는 용기도 필요하다.

전업주부 9년차인 서효정 씨(39세)는 평소 소극적인 성격 탓에 취업은 꿈도 못 꿨다. 그래도 자신이 할 수 있는 일을 해보고 싶어 고민을 거듭하다 요즘 가장 잘나간다는 해물떡찜 전문점을 오픈했다. 창업 초기에는 예상대로 매장이 손님들로 붐볐다.

하지만 한 달, 두 달 시간이 흐를수록 매출이 점점 떨어졌다. 한 번 온 손님이 다시 찾아오는 경우가 드물었던 것이다. 왜 그랬을까.

효정 씨는 그다지 먹는 것을 즐기는 편이 아니었다. 자신이 먹는 것을 꺼려하다 보니 손님이 반찬이라도 더 달라고 할라치면 종업원에게 조금씩만 가져다주라고 주의를 주기 일쑤였다. 체력도 약해서 야채를 다듬거나 몇 시간 서빙이라도 하게 되면, 그 다음 날까지 피로가 풀리지 않았다. 그래서 찡그린 얼굴로 카운터에 앉아 있는 날이 많았다.

창업 6개월을 맞은 효정 씨는 은행에서 빌린 대출금을 어떻게 갚아야 하나, 매일 한숨만 쉬고 있다. 만약 그녀가 돈은 조금밖에 벌지

아 내 가  내 일 을  잡 았 다

못하더라도 체력 소모가 적고 평소 흥미를 갖고 있던 업종을 선택했더라면 전혀 다른 결과를 얻었을 것이다. '묻지 마 창업'은 당신의 아까운 시간과 소중한 돈만 앗아갈 뿐이다.

## 창업을 위해 당신의 조건을 재조정하라

'아이들 양육을 생각하여 집과 가깝고, 일하는 시간도 짧아야 하며, 영업을 하지 않아도 되는 것으로.' 이렇게 조건을 따지다 보면 당신은 결국 '하고 싶은 일'이 아니라 '할 수 있는 일'을 선택하게 된다. 이렇게 선택한 일은 성공할 확률이 낮을 뿐더러, 설사 대박이 난다고 하더라도 스스로 만족하기 어렵다.

당신이 처한 조건에 창업을 맞추지 말고, 창업을 위해 당신의 조건을 재조정하라. 아이를 돌볼 시간이 없다면 따로 돈을 줘서라도 대신 돌봐 줄 사람을 고용하고, 필요하다면 다양한 교육 프로그램을 활용해 영업 능력을 키워라. 그 어떤 것도 쉽게 얻어지는 것은 없다.

**Mini Book**

**성공적인
창업 단계**

## 1. 자가 진단하기

정말 사업을 할 자신이 있는지, 직장 다닐 때의 직책이나 체면을 모두 던져 버릴 수 있는지, 하루 10시간 이상의 노동 강도를 견뎌 낼 자신이 있는지, 다시 말해 철저하게 장사꾼으로 다시 태어날 각오가 되어 있는지 자신에게 되묻는다.

## 2. 아이템 정하기

하고 싶은 업종을 여러 개 적은 후 순위를 매겨 본다. 유사한 아이템으로 창업한 곳을 직접 찾아가 살펴보거나 인터넷 등으로 검색해 나에게 맞는 업종인지, 특별한 자격이 필요한지 등을 조사한 후 최종 결정한다. 자신의 적성이나 성격에 대한 고려 없이 사업성이 좋다는 이유로 무작정 시작했다가 실패한 경우가 70퍼센트에 달한다는 조사 결과가 있다. 자신의 적성을 잘 파악하는 것이 실패를 방지하는 지름길이다.

아이템 선정 시 초기 투자 비용은 얼마나 필요한지, 프랜차이즈 업체 가입이 유리한 건 아닌지 그리고 개업 후 약 3~6개월간 소모되는 지출과 소득을 비교하고 언제 손익 분기점을 넘길 수 있는지 등도 고려하여야 한다.


◉ 아이템 선택을 위한 필수 체크리스트

- 유망 업종인가, 유행 업종인가
- 수요가 지속적이고 반복적인가
- 사업 시작 후 관리가 용이한가
- 비수기가 너무 길지는 않는가
- 대학가에서의 창업, 방학 기간을 고려하였는가
- 검증 안 된 도입기 업종은 아닌가
- 국민적 정서나 문화적 환경에 반하지는 않는가
- 창업 후 매달 지출되는 비용이 많지는 않는가
- 쇠퇴기에 접어든 업종은 아닌가
- 법적 규제는 없는가

### 3. 교육 받기

특별한 자격이 필요한 업종일 경우 전문 교육을 받는다. 회계나 경영 능력이 부족하다고 생각되면 직업훈련기관에서 운영하는 창업 전문 교육 프로그램에 참여한다. 관련 업종에서 아르바이트를 하여 경험을 쌓는 것도 좋다. 이 단계를 통해 선택한 창업 업종이 나의 적성에 맞는지, 혹은 더 준비가 필요한 것은 아닌지 다시 한 번 심사숙고할 수 있다.

만약 본인이 잘 모르더라도 외부 전문가를 채용하여 문제를 해결할 수도 있다. 그러나 이 경우 추가 지출이 발생한다는 점을 명심하자.

### 4. 창업 규모 결정하기

점포 평수나 인테리어 비용, 프랜차이즈 업체에 가입할 경우 가맹비 등 초기 투자 비용의 규모를 결정한다. 그런 다음 필요한 자금을 마련할 능력이 있는지, 자금이 부족할 경우 저금리로 돈을 빌려 주는 대출 제도를 받을 수 있는지 등을 알아본다. 순수 자기 자본과 타인 자본의 비율은 7대 3 정도가 적당하다.

경험이 없는 사업 초보자의 경우에는 5,000만 원 이하, 사업 경험이 있는 경우에는 1억 원 이내에서 사업 아이템을 정해 시작하는 것이 안전하다.

## 5. 사업 계획서 작성하기

이제부터는 객관적으로 창업 타당성을 점검해 볼 수 있도록 사업 계획서를 작성한다. 사업 계획서 사본은 창업 자금을 대출해 주는 근로복지공단(www.kcomwel.co.kr), 사회연대은행(www.bss.or.kr) 등 기관 홈페이지에 들어가면 다운로드 받을 수 있다.

일반적으로 사업 계획서는 ▲업종 ▲주요 취급 품목 ▲창업 형태(체인점, 대리점, 기타) ▲소요 자금 내역(점포 임대료, 프랜차이즈 가맹비, 인테리어 공사비, 냉난방기·전화·텔레비전 등 내부 비품비, 재료비, 홍보비, 각종 공과금, 인건비, 보험료 등) ▲소요 자금 조달 계획(자기 자본과 대출 자본 규모) ▲창업 업종 선택 이유 ▲업종 선택의 성공 타당성 ▲판매 계획(경쟁 업체 대비 경쟁 우위 사항, 월 지출 추산액, 월 매출 목표액 등) ▲홍보·마케팅 전략 ▲고객 관리 및 영업 방법 등의 항목으로 구성되어 있다.

## 6. 상권 조사 및 점포 계약하기

업종 선택 못지않게 중요한 것이 입지 선정이다. 소규모 창업일수록 더욱 그렇다. 점포를 낼 곳이 사람들이 많이 다니는 길목인지, 주변에 유사한 경쟁 점포가 있지는 않은지 등 주변 상권을 조사해 예산에 적당한 곳을 선택한다. 유동 인구가 많고 경쟁 점포가 없는 곳일수록 많은 비용이 소요된다. 잘 알려진 상권만 고집하지 말고 치밀한 상권 조사를 통해 자본 규모와 업종에 적합한 곳을 찾아본다.
또한 점포를 계약할 때는 건물주의 신원을 확인해 보는 등 나중에
피해가 없도록 꼼꼼하게 살핀다.

## 7. 인테리어 완성하기

고객층에 따라 선호하는 디자인이 다르다. 특히 요즘 인테리어는
가게에 차별성을 부여하여 성공에 큰 영향을 미치는 요인 중 하나
다. 투자 자금을 고려해 개성을 살릴 수 있도록 신경 쓴다.

## 8. 최종 점검하기

1번부터 준비 과정을 되돌아보고, 부족한 부분이나 빠진 내용이 없
는지 살펴본다.

## 9. 개업 준비하기

아무리 사업 아이템이 기발해도 홍보가 되지 않으면 말짱 도루묵이
다. 따라서 개업 전, 치밀한 홍보 전략을 세우는 것이 중요하다. 일
반적인 방법으로는 오픈 할인 세일이나 전단지 배포가 있으며, 홈
페이지를 운영하여 온라인 홍보를 하는 것도 좋은 방법이다.

# 돈 주고도 못 사는 게 경험이다

처음부터 '우아한 사장님'은 없다. 창업으로 성공하고 싶다면 먼저 해당 분야에서 경험을 쌓고 노하우를 온몸으로 익혀라. 창업은 사업이며, 비즈니스다. 준비 없이 막연한 기대감으로 뛰어들었다가는 낭패 보기 십상이다. 철저한 준비와 교육에 필요한 투자를 아까워하지 마라.

혹시 이런 준비 없이도, 전문가를 고용해서 운영하면 된다고 생각하는가? 호된 시어머니 노릇도 아는 게 있어야 잘할 수 있는 법이다.

# 밑바닥부터 시작하라

권성주 씨(45세)는 서울시 북부여성발전센터에서 발·얼굴 관리 과정을 수강한 후 지난해 피부 관리실을 창업했다. 시작한 지 1년밖에 안 됐지만 월 매출이 적게는 400만 원, 많으면 900만 원에 달한다. 임대료와 직원 월급 등을 제하고 나면 절반 정도가 그녀의 손에 남는다. 그녀의 이러한 성공 비결은 7년간의 현장 경험에 있다.

성주 씨가 이태원에 있는 피부 관리실에 처음 취업했을 때 그녀의 나이는 36살이었다. 정직원도 아니고 보조원인데다, 직장 동료들은 하나같이 10살이나 어렸다. 하지만 성주 씨는 어린 동료들과 똑같이 매일 청소, 빨래와 같은 허드렛일도 마다하지 않았다. 체면보다는 기술을 배우고 싶다는 욕심이 더 컸던 것이다.

성주 씨는 선생님이 하는 것을 어깨너머로 훔쳐보며 눈치껏 수첩에 손동작을 따라 적었다. 집에 가선 식구들을 눕혀 놓고 밤새도록 연습했다. 그런 노력 덕분에 1년 만에 정직원이 될 수 있었고, 7년이 지나자 누구보다 뛰어난 솜씨를 갖게 됐다.

그녀는 창업을 희망하는 전업맘에게 다음과 같이 충고한다.

"점포 창업을 생각하고 있다면 먼저 판매 직원으로서의 경험이 무

아 내 가 내 일 을 잡 았 다

엇보다 중요해요. 저 역시 다양한 고객을 관리하면서 터득한 노하우와 그 경험에서 쌓인 자신감이 창업을 하는 데 큰 힘이 되었어요."

# 현장이 답이다

배성현 씨(39세)는 평소 관심 분야를 살려 파티 플래너에 도전하기로 했다. 하지만 당시만 해도 파티 플래너는 젊고 예쁜 20대 여성들의 전유물처럼 여겨졌고, 유학파나 패션 · 디자인 등 관련 분야를 전공한 사람들이 대부분이었다. 게다가 파티 기획에 필요한 '감각'은 책을 들여다본다고 배울 수 있는 것도 아니었다.

성현 씨는 살아 있는 현장에 눈을 돌렸다. 홍대 클럽에서 열리는 싱글 파티는 빠지지 않고 참석했고, 트렌드를 익히기 위해 뮤지컬과 연극 등 공연이란 공연은 모두 관람하고 다녔다. 파티의 주 소비층인 20대 젊은이들의 감각을 배우기 위해 살사 댄스 동호회에도 가입했다. 친해질 계기를 만들기 위해 일부러 남들이 피하는 총무직도 자처해서 맡았다.

그러던 중 기회가 찾아왔다. 동호회 행사 기획을 맡게 된 것이다. 전체적인 콘셉트를 잡는 일부터 물품 대여나 소품 준비까지 행사에 필요한 모든 것을 하나부터 열까지 꼼꼼이 챙겼다. 행사는 성공적으로 끝났고 이를 통해 성현 씨는 자신감이란 큰 결실을 얻을 수 있었다.

이후 성현 씨는 프리랜서로 활동을 시작했다. 휴무, 밤낮을 가리지 않고 그야말로 '미친 듯이' 일했다. 그리고 1년이 지난 후 사신의 회사를 설립, 지금은 대한민국 최고의 파티 플래너로 활약하고 있다.

최근에는 기업 경영에서 현장을 중시하는 성향을 보이고 있다. 이론보다 경험을 통해 배우는 것의 중요함에 주목하는 것이다. 그만큼 경험은 중요하다. 당신이 지금 흘린 땀방울은 반드시 진가를 발휘할 날이 올 것이다.

### 1. 가능성을 믿되 과신하지 마라

창업은 실력이다. 할 수 있다는 자신감은 경험에서 우러나옴을 명심하라.

### 2. 후배라도 깍듯하게 선배로 모셔라

체면보다 실력 쌓기에 욕심을 내라. 당신보다 나이 어린 후배일지라도 배울 점이 있다면 고개를 숙이고 철저하게 선배 대접을 하라.

### 3. 현장이 최고의 스승이다

실전에선 지식보다 감각이다. 감각은 책을 보고 배우는 것이 아니라, 현장에서 익히는 것이다. 무보수라도 좋다는 각오로 현장에 뛰어들어라.

### 4. 사업가 마인드를 키워라

지금 당장은 단순한 아르바이트생이거나 말단 직원일지라도 주인의식을 가지고 행동하라.

### 5. 5년 후를 내다보고 움직여라

조급해하지 마라. 당장 눈앞이 아니라 5년 후를 내다보고 시간과 노력을 아낌없이 투자하라.

# 당신만의
# 블루오션 전략을 세워라

　　창업은 전쟁이다. 같은 업종에서 한쪽이 잘되면 다른 한쪽은 세가 기울기 마련이다. 오늘의 블루오션이 내일의 레드오션이 되는 일도 다반사다.

　　창업을 꿈꾸는가. 성공을 원하는가. 그렇다면 당신이기 때문에 가능한 당신만의 아이디어를 찾아라. 주부기 때문에, 여성이기 때문에 가능한 블루오션 전략을 고민하라. 어쩌면 당신 바로 옆에 그러한 아이디어들이 굴러다니고 있을지도 모를 일이다.

# 주부기에 보이는 생활 속 아이디어

살림을 살다 보면, 다른 가족들은 눈치 채지 못하는 불편한 사항들이 한두 개가 아니다. 이때마다 '이런 제품이 있으면 좋을 텐데.' '이거는 이렇게 고쳐졌으면 좋겠는데.' 하는 생각이 들곤 한다. 이러한 생각들을 실제 실행에 옮겨 상품으로 구현해 성공한 사람들이 있다.

이윤자 씨(54세)는 남은 음식물 쓰레기 처리가 늘 고민이었다. 그러나 당시 국내에는 일본에서 수입된 음식물 처리기가 전부였고, 물기가 많은 우리 음식에는 맞지 않았다. 그리하여 전업주부였던 그녀는 40대 후반의 나이에 자신이 직접 음식물 처리기를 만들기로 결심했다.

우선 부패하기 전에 음식물 쓰레기를 말리고, 냄새가 나지 않도록 내부에서 공기를 순환시키는 한편 외부로 새어 나오지 않게 하는 데 역점을 뒀다. 그리고 오랜 연구 끝에 활성탄을 이용한 탈취 필터를 고안해 냈다. 기술력에 자신감을 얻은 그녀는 음식물 처리기 회사 L사를 설립했다. 그녀의 말을 빌리자면 '아무도 사지 않을 것 같던' 음식물 처리기는 이듬해 8억 원의 매출을 올리며 새로운 시장을 창출해 내는 데 성공했다.

아 내 가   내 일 을   잡 았 다

이후 대기업과 중소기업에서 앞다퉈 유사 제품을 내놨지만, L사는 국내 시장 점유율 90퍼센트를 유지하며 업계 1위를 고수하고 있다. 이를 증명하듯, 2008년 한 해 동안만 전년도 판매에 2배를 훨씬 웃도는 50만 대를 판매해 520억 원의 매출을 기록했다. 최근에는 해외 시장 진출에도 성공해 아일랜드와 일본을 비롯, 유럽, 중동, 동남아 등 13개국에 제품을 수출하고 있다.

황인숙 씨(42세)는 취미로 다닌 찜질방에서 아이디어를 얻었다. 주부들이 하나같이 한증막이나 불가마에 들어갈 때 머리카락이 상할까 봐 수건을 두르는 것을 보고, 땀에 젖어 무겁고 불편한 수건 대신 가볍고 편리한 찜질방 전용 헤어 캡이 있으면 좋겠다고 생각한 것이다.

그녀는 5년을 망설인 끝에 제품 개발에 들어갔다. 동대문에서 각종 재료를 사다가 몇 번을 다시 만들고, 문제점이 발견되면 폐기, 처분하기를 수도 없이 반복했다. 그리고 2년 후 뜨거운 열기로부터 머리카락을 보호함과 동시에 모발에 트리트먼트 크림을 공급해 주는 헤어 캡 개발에 성공했다. 그녀는 2005년 특허 신청을 냈고, 2006년 헤어 캡 전문 업체인 S사를 설립했다.

현재 헤어 캡은 찜질방은 물론, 고급화 전략을 통해 호텔 객실과 고급 사우나, 피트니스 센터 등에 납품된다. 특히 찜질방용 헤어 캡은 국내보다 해외에서 더 선풍적인 인기를 끌고 있다. 중국과 러시아, 일본 등지에 판로를 개척해 2007년 한 해에만 30만 달러(2007년 환율 기준, 한화 약 3억 원)의 수출 매출을 올렸다. 직원 8명의 소기업으로서 결코 작은 금액이 아니다.

평범한 전업주부였던 두 여성이 성공할 수 있었던 가장 큰 이유는 자신이 목표한 바를 위해 비록 실패하거나 깨져도 포기하지 않고 노력했다는 것이다. 그리고 이들의 사례는 구체적인 실천이 뒤따를 때, 생활 속 아이디어는 엄청난 기회를 가져다줌을 보여 준다.


## 레드오션 속에서 블루오션을 찾아라


그렇다면 꼭 전에 없던 새로운 것만이 블루오션인 걸까. 그렇지 않다. 우리가 흔히 보아 오던 것들도 생각만 달리하면 블루오션이 될 수 있다. 몇 년 전부터 등장하기 시작한 '떡 카페'가 바로 그러한 고정 관념을 날려 버린 대표 사례라 할 수 있다.

우리에게 떡은 명절 때나 먹는 전통 음식 중 하나였다. 떡집의 주수입원 역시 폐백이나 이바지 음식, 아기 백일잔치 등 굵직한 행사들뿐이었다. 그 누구도 떡집을 창업 아이템이라고 생각하지 않았

아 내 가   내 일 을   잡 았 다

다. 하지만 '떡 카페'의 등장은 떡에 대한 새로운 시각을 가지게 하였다. 대추 앙금이 씹히는 꽃 모양 송편이나, 사과 정과가 알알이 박힌 찰떡, 과일 잼을 넣어 컵 케익 모양으로 쪄낸 형형색색의 설기 등은 떡도 화려하고 예쁠 수 있다는 걸 보여 줬다. 또 한입 크기로 제작해, 특별한 날에만 먹는 무거운 음식이 아니라 친구나 연인과 함께 가볍게 즐길 수 있는 대중적 먹을거리로 변화시켰다.

짧은 시간 내에 수 개의 유명 브랜드를 만들어 낸 떡 카페 산업은 이미 사양길에 접어든 업종이라도 작은 아이디어가 더해지면 대박 아이템으로 거듭날 수 있다는 것을 증명하였다.

김은우 씨(45세)도 아이디어 하나로 레드오션 속에서 블루오션을 건져 냈다. 지금까지 가발은 대머리 아저씨나 패션에 민감한 일부 젊은 여성들을 위한 것이었다. 소비층이 많지 않은데다 가발에 대한 부정적인 인식과 비싼 가격으로 인해 가발 산업은 이미 사양 산업이 된 지 오래였다.

하지만 그녀는 아이디어 가발 하나로 2008년 한 해에만 50억 원의 매출을 올렸다. 머리핀처럼 간단히 꽂아 머리숱이 적은 정수리 부분을 봉긋하게 메우는 패션 가발과 키가 2~3센티미터 더 커 보이게 하는 키 높이 가발 등 여성을 위한 부분 가발은 탈모로 고민하는 주부들을 새로운 가발 소비층으로 끌어들이는 데 성공했다.

창업 아이템을 선정할 때 가장 중요한 것은 시장의 흐름을 읽어 내는 '눈'이다. 앞으로도 계속 성장세를 유지할 블루오션 시장인지, 아니면 시간이 지날수록 시장에서 밀려날 레드오션인지 구분할 줄 알아야 한다.

## 불황에 뜨는 아이템은 따로 있다

'제2의 IMF'라고 불릴 정도로 경기 불황이 심각한 요즘, 소비 심리도 위축될 수밖에 없다. 이로 인해 저가·가격 파괴 전문점이 다시 전성기를 누릴 것으로 보인다. 실제로 여성들이 가장 많이 도전하는 음식점의 경우 1,500원짜리 국수 전문점이나 1,900원짜리 돈가스 전문점 등이 호황을 누리고 있다.

하지만 무조건 가격만 내리면 팔리는 시대는 지났다. 아무리 가격이 저렴해도 맛과 양이 충족되지 않으면 일회성 소비로 끝나기 마련이다. 가격을 낮추기 위해 질 낮은 재료를 사용하는 우를 범해서도 안 된다. 창업 컨설팅 전문가들은 중간 유통 단계를 없애 신선하고 안전한 재료를 저렴하게 구입하는 방법을 고안하거나 인건비를 줄이는 방법 등으로 가격 경쟁력을 갖추지 못하는 한, 창업을 하더라도 '반짝' 특수에 그칠 수 있다고 조언한다.

음식점이 부담된다면 1,000원짜리 상품만 판매하는 '1,000원 숍'이나 와이셔츠 한 벌 세탁비가 900원인 '세탁 편의점' 등 다양한 분야로 관심 영역을 넓혀 보자. 대부분 프랜차이즈 기업이기 때문에 창업에 따른 위험 부담을 줄일 수 있다는 장점이 있다.

## 고객층의 소비 유형을 파악하라

소비 주체인 가족 구조가 변화하고 있다. 부부가 함께 일하는 맞벌이는 물론, 혼자 사는 싱글족이 계속 늘고 있는 추세다. 어린 자녀를 둔 워킹맘이나 싱글족을 타깃으로 하는 창업 아이템은 꾸준히 성장할 것으로 예상된다. 특히 2030세대 맞벌이 부부나 싱글족은 소득 수준도 높기 때문에 맞춤형 서비스를 갖춘다면 성공 가능성을 높일 수 있다.

가장 손쉽게 접근할 수 있는 아이템은 반찬 전문점이다. 주부 솜씨도 살릴 수 있고, 인터넷 판매나 배달 위주로 운영하면 점포가 없어도 창업이 가능하다는 장점이 있다. 다만 배달의 경우 판매처를 확보하기 위해 발품을 팔아야 하는 어려움이 있다. 친환경 유기농 유아식 전문점도 각광받고 있는 업종 중 하나다.

이외에도 집을 비우는 낮 시간을 이용한 청소 대행업이나, 역으로 야간 시간에 물품을 배달하는 택배업 등 틈새 시간을 노린 업종도 계속 성장할 것으로 보인다.

### 불변의 법칙을 따라라

세상이 바뀌어도, 경기가 아무리 어려워도 기본 수익이 보장되는 장수 업종은 있는 법이다. 교육 서비스업은 창업 컨설팅 전문가들이 첫 손에 꼽는 창업 아이템이다. 다른 소비는 줄여도 내 아이를 위한 교육비만큼은 아낄 수 없는 것이 부모의 마음이기 때문이다. 실제로도 교육 서비스업은 타 업종과 비교해 사업 유지 기간이 가장 긴 업종이다.

그러나 교육 시장에도 트렌드가 있다. 올해는 단연 '영어'다. 영어를 정규 과목으로 배우게 되면서 유아를 대상으로 하는 영어 교육이 급증할 것으로 전망된다.

최근에는 '놀이' 코드를 접목한 '에듀테인먼트(에듀케이션education과

엔터테인먼트<sup>entertainment</sup>의 합성어)' 업종도 각광을 받고 있다. 미술이나 음악을 접목시킨 놀이 학교나, 체험형 테마 놀이 학교 등이 대표적이다. 가장 큰 장점은 교원 자격증이 없어도 창업이 가능하다는 것이다. 전문 프랜차이즈 업체를 통해 가맹점을 내면 필요한 교재나 교구는 물론, 전문 강사 채용 등 경영 노하우를 제공받을 수 있다.

음식업 역시 인류가 탄생한 이래 절대 불변의 장수 업종이다. 그러나 도전이 쉬운 만큼 몰려드는 사람이 많고, 그만큼 실패할 확률도 높다. 같은 음식점을 하더라도 어떤 음식을 선택하느냐가 성망을 좌우한다.

한 창업 컨설턴트는 피자 전문점과 보쌈 전문점을 장수 아이템으로 꼽았다. 15년 전 등장한 이래, 숱한 외식 업종이 흥망을 반복하는 속에서도 이들 아이템만은 꾸준히 성업하였다. 특히 대형 브랜드의 안정된 운영으로 앞으로도 지속 성장할 것이라는 분석이다.

# 전업주부도
# 사업 자금 지원해 준다고?

　예비 여성 창업자들이 겪는 가장 큰 어려움이 바로 창업 자금을 마련하는 일이다. 아무리 소규모 창업을 한다고 해도 당장은 목돈이 들어가기 때문이다.

　하지만 전업주부가 은행에서 대출을 받기란 하늘의 별 따기 수준이다. 보통은 남편의 보증을 요구하기 때문이다. 그래서 자금을 마련하는 과정에서 창업을 포기하는 경우가 허다하다. 설사 대출을 받더라도 매달 내야 하는 이자가 만만치 않다. 그렇다면 넉넉한 창업 자금을 확보한 사람만이 창업을 할 수 있는 것일까? '아는 것이 힘'이라는 명언은 바로 이럴 때를 말하는 것이리라.

　김수경 씨(43세)는 식당에서 일하며 번 90만 원의 수입으로 세 식

　　　　　아 내 가 　내 일 을 　잡 았 다

구가 겨우 입에 풀칠하며 살았다. 그러던 어느 날 우연히 사회연대은행에서 창업 자금을 지원해 준다는 얘기를 듣고 귀가 솔깃해졌다. 고민 끝에 사업 계획서를 써서 지원하였고, 무담보·무보증으로 2,000만 원을 빌릴 수 있었다. 그리고 자신이 그동안 모아 두었던 1,000만 원을 더해 작은 김밥 가게를 열었다.

"사실 처음에는 망설였어요. 돈을 대출받는다고 해도 창업을 위해 무엇이 필요한지조차 몰랐으니까요. 그런데 사회연대은행에서 점포 선정 과정부터 가게 인테리어, 영업 전략까지 세밀하게 조언해 주더라고요. 그리고 가게 문을 연 뒤로도 매달 한 차례씩 정기적으로 방문해 사후 관리도 해줘요. 요즘에는 하루 매출이 25만 원 정도로 한 달 평균 순이익이 250만 원이나 되요. 이전에는 꿈도 꾸지 못한 금액이죠."

새로운 인생을 살게 된 수경 씨는 이렇게 말하며 활짝 웃었다. 정부 기관과 단체에서는 이처럼 돈이 없어서 창업을 망설이는 사람들을 위해 다양한 창업 자금 지원 제도를 운영하고 있다. 꼼꼼한 사업 계획서만 있다면 담보나 보증 없이 은행보다 낮은 이자로 돈을 빌릴 수 있다.

정부 기관은 절차가 까다로워도 대출금 상한선이 높기 때문에 창업 규모가 클수록 유리하다. 중소기업청(www.smba.go.kr)에서 운영하는 '중소·벤처 창업 자금'의 경우 대출 자금이 연간 20억 원에 달한다. 여성이 대표자일 경우 가산점도 받을 수 있어 전업주부에게 더욱 유리하다.

과거 고용 보험을 납부한 경험이 있다면 근로복지공단에서 실시하는 '희망 드림 창업 지원'을 노려볼 만하다. 6개월 이상 장기 실업자만을 대상으로 최대 7,000만 원까지 자금을 지원해 준다. 다른 제도와 달리 원금 상환이 없고 매달 이자만 내면 되기 때문에 부담이 적다.

사회연대은행이나 신나는 조합(www.joyfulunion.kr) 등 민간 기관은 소규모 창업에 유리하다. 최대 5,000만 원에서 2,000만 원까지 연 2~4퍼센트의 낮은 금리로 자금을 빌릴 수 있다. 아름다운재단(www.beautifulfund.org)과 한국여성경제인협회(www.womanbiz.or.kr)는 여성 가장을 대상으로 최대 4,000만 원까지 대출을 지원한다. 이혼이나 사별한 경우가 아니더라도 남편이 학업이나 군복무, 실직, 질병 등으로 근로 능력이 없는 것이 인정되면 신청이 가능하다. 특히 아름다운 재단은 연 1퍼센트로 금리가 가장 낮다.

창업 자금만이 아니라 상권이나 사업성 등을 무료로 컨설팅해 주는 곳도 있다. 근로복지공단과 소상공인지원센터는 무료로 점포 선

아 내 가   내 일 을   잡 았 다

정부터 사업성 분석까지 창업 전반에 걸쳐 컨설팅을 제공하며 컨설팅을 먼저 받아야 창업 자금을 지원해 준다. 아름다운재단의 경우 창업 초기 3개월간 전담 창업 컨설턴트가 집중 모니터링을 지원한다.

제도별로 자격 요건이나 지원 규모, 상환 방법 등이 모두 다르므로 다양한 정보 수집으로 자신에게 맞는 곳을 선정하는 센스가 필요하다.

담보나 보증 없이 은행보다 낮은 금리로 돈을 빌려 주다 보니 신청자가 몰리는 것은 당연지사. 사회연대은행의 경우 평균 경쟁률이 10대 1에 달한다. 승패의 관건은 얼마나 꼼꼼하게 사업 계획서를 작성했느냐에 달려 있다.

지원 기관들이 공통적으로 요구하는 선정 기준은 크게 3가지로 나뉜다.

## 1. 전문성을 부각시켜라

이 업종을 선택한 이유, 해당 분야에 대한 자격증 소지, 경험 여부 등이 중요하다. 일종의 이력서라고 생각하면 된다. 만약 처음 도전하는 업종이라고 해도 걱정할 건 없다. 많은 기관에서 다양한 창업 교육 과정을 운영하고 있으며, 대다수 기관에서 수료자에게 가산점을 주고 있으니, 이를 적극적으로 활용하길 바란다. 철저한 자기 준비만이 유일한 성공 비법이다.

## 2. 사업성을 증명하라

아무리 좋은 물건이라고 해도 팔리지 않으면 쓸모가 없다. 선택 업종의 경쟁 가능성과 주변 경쟁 업체의 현황 그리고 당신만의 차별화 전략 등 치밀한 시장 조사가 필요하다. 홍보·마케팅 전략도 세워 보자. 혼자 할 수 없다면 무료로 혹은 돈을 주고라도 창업 컨설팅을 받아라.

## 3. 경영 능력을 인정받아라

갚을 능력이 없어 보이는 사람에게 돈을 빌려 줄 리 없다. 필요한 초기 투자 비용과 개업 후 3~6개월 동안 소요되는 자금, 예상 손익 분기점 달성 날짜 그리고 상환 계획 등 구체적인 계획이 필요하다. 여기서 한발 더 나아가 계획에 차질이 발생했을 경우 해결책 등을 곁들여 놓으면 더욱 좋다.

사업 계획서를 쓸 때는 객관성을 잃지 않으면서도 자신감이 묻어나야 설득력을 지니게 된다. 우선 창업 자금을 지원해 주는 기관 홈페이지에 접속하여 사업 계획서 양식을 다운받자. 그리고 지금 쓸 수 있는 항목부터 적어 보자. 이를 통해 나에게 부족한 것과 자금을 지원받기 위해 필요한 준비 사항에 대해 알 수 있다.

# '나홀로 사장님' 1인 기업에 도전한다

　창업의 트렌드가 바뀌고 있다. 지금까지는 점포를 얻어 물건을 파는 노동 집약형 창업이 주류를 이루었다면, 앞으로는 아이디어와 전문성을 무기로 눈에 보이지 않는 무형의 가치까지 판매하는 지식 · 창조형 창업이 대세가 될 것으로 보인다.

　그 정점에는 1인 기업이 있다. 1인 기업은 말 그대로 사장 업무부터 말단 직원의 업무까지 혼자서 도맡아하는 것을 말한다. 이와 같은 형태의 창업은 개인이 가진 독특하고 경쟁력 있는 기술과 능력을 제약 없이 발휘할 수 있다. 그리고 기존 방식에서 탈피하여 새로운 비즈니스 모델을 만들어 내는 데 유리하다.

　특히 1인 기업은 여성에게 유리한 특성들이 많다. 혼자서 모든 업무를 처리하기 때문에 대부분의 직장에서 경험하게 되는 오해나 갈등이 없어, 오직 일에만 전념할 수 있다. 또한 시간 조정을 통해 가사와 육아 병행도 가능하며, 정부에서 여성 CEO를 위한 업무 공간이나 기자재를 무료 또는 저렴하게 지원해 주기 때문에 초기 자본금도 줄일 수 있다. 따라서 혹여 사업에 실패하더라도 위험 부담이 적다.

그렇다면 전업주부들이 도전할 만한 1인 기업에는 어떤 것이 있을까. 또 1인 기업가로 성공하려면 어떤 전략이 필요할까. 다양한 분야에서 1인 기업가로 활동하는 여성들의 사례에서 그 답을 찾아보자.

## 전문성을 살려 경쟁력을 확보하라

당신이 직장 생활을 통해 쌓은 전문성을 창업 시장으로 옮기면 경쟁력이 될 수 있다. 박경선 씨(36세)는 호텔리어를 거쳐 와인 유통회사에서 일을 해오다, 3년 전 화재 사건으로 목소리를 거의 잃게 되었다. 이후 취업 대신 창업으로 눈을 돌린 그녀는 자신의 주특기를 살려 2007년 10월 와인 전문 출판사를 설립했다.

아 내 가   내 일 을   잡 았 다

이미 와인에 대해서는 전문가 수준인데다 관련 분야의 폭넓은 인적 네트워크를 갖고 있어 다시 공부를 시작하거나 사람을 만나 영업하는 과정을 크게 줄일 수 있었다. 그녀는 지난해 3월 와인 전문 번역서를 출간해 한 달 만에 2쇄를 찍는 등 성공적인 신고식을 치렀다. 최근에는 언론 매체에 와인 칼럼을 게재하는 등 출판 이외의 분야에서도 왕성하게 활동하고 있다.

## 주부 노하우로 틈새시장을 노려라

살림 노하우도 창업 시장의 틈새를 뚫으면 돈이 될 수 있다. 천혜영 씨(46세)는 매일 부엌으로 출근한다. 그녀의 주된 업무는 요리를 만들고 사진을 찍어 블로그에 올리는 것이다. 이렇게 모아진 글로 문화센터에서 강의도 하고, 칼럼과 책도 쓴다.

그녀는 최근 급부상하고 있는 '와이프로거wifelogger, 주부 블로거'의 대표 주자다. 와이프로거란 아내를 뜻하는 '와이프wife'와 블로그에 글을 올리는 사람을 의미하는 '블로거blogger'의 합성어다. 요리 책에는 없는 새로운 레시피와 아이디어 넘치는 살림 노하우를 알려주어 주부들 사이에선 인기가 대단하다. 이 때문에 주부들을 주 소비층으로 하는 기업들은 와이프로거를 통한 홍보와 프로모션을 적극 꾀하고 있다.

천혜영 씨 역시 지난해 한 행주 건조 기계 업체와 블로그 공동 구매 행사를 진행해 대성공을 거뒀다. 업체로선 신제품을 30퍼센트나 할인된 가격으로 제공하니 손해인 것 같지만, 이벤트 참가자가 예상보다 4배 이상 몰리면서 투자 대비 홍보 효과를 톡톡히 누렸다. 또한 혜영 씨는 기업의 제품 광고까지 하고 있다. 블로그 방문자 수가 광고 단가를 결정하는데, 그녀의 월급은 20년차 직장인의 수준을 훌쩍 뛰어넘는다.


## 오직 실력으로 승부하라

온라인 공간에서 기업의 프로젝트를 수주 받아 업무를 진행하는 이랜서elancer는 경력 단절 여성들이 비교적 쉽게 도전할 수 있을 뿐만 아니라, 오직 실력으로 평가받을 수 있기 때문에 능력만 있다면 성공할 확률이 높다.

박정아 씨(33세)는 대학 전공을 살려 웹 디자이너로 일했다. 그러나 예민한 성격의 정아 씨는 잦은 야근과 업무와는 관계없는 일까

아 내 가  내 일 을  잡 았 다

지 떠맡게 되면서 정신적 스트레스에 시달렸다. 결국 고민 끝에 사표를 냈고, 지금은 이랜서로 성공적으로 정착하였다.

"디자인에만 집중할 수 있어, 일을 할수록 실력이 늘고 있다는 자신감이 생겨요. 게다가 프로젝트가 없을 때는 아이와 많은 시간을 보낼 수 있으니 이거야말로 일석이조라 할 수 있어요."

초기 활동했던 이랜서들은 대부분 IT 관련 업종에서 일을 했지만, 최근에는 마케팅, 매너 서비스 교육, 번역, 신문사, 사무 관리 등 다양한 분야에서 그 수요가 증가하고 있어 주목할 필요가 있다.

## 전문성부터 점검하라

1인 기업가의 생명은 전문성이다. 해당 분야에서 최소 4~5년 정도
의 경력을 쌓은 후 도전하길 권한다. 이랜서의 경우 5년 이하의 경
력자에게는 프로젝트를 주지 않는 게 관행이다. 다시 직장에 들어
가거나 차별화된 실력을 갖추는 등 거래처와 고객에게 어필할 수
있는 실력과 경력을 갖추는 것이 중요하다.

## 네트워크를 만들어라

혼자서 일하다 보면 만나는 사람의 숫자가 제한적일 수밖에 없고,
그러다 보면 업계 동향이나 정보에 취약해져 인터넷 검색으로는 알

수 없는 고급 정보를 놓치게 된다. 따라서 당신만의 네트워크를 만들어야 한다. 업계 선배나 당신과 같은 프리랜서도 좋다. 그들을 만나 정보도 얻고 조언도 구하라. 업계 관계자들의 모임에 적극적으로 참여하거나 공동 프로젝트를 추진하는 것도 관계를 업그레이드하는 방법이 될 수 있다.

이랜서 도전자의 경우, 국내 최대 이랜서 중개 사이트인 '이랜서코리아(www.elancer.co.kr)'와 한국여성벤처협회가 운영하는 'KOVWA 이랜서(www.elancer.or.kr)' 등을 적극 활용하는 것도 좋은 방법이다.

## 혼자 다 하지 말고 남에게 맡겨라

1인 기업이라고 해도 모든 업무를 혼자서 다 할 수는 없다. 아웃소싱 업체를 적극 활용하여 핵심 업무는 본인이 맡되, 부가적 업무는 외부의 힘을 빌리는 유연성이 필요하다.

대형 출판사에서 인정받는 편집 기획자였던 권정희 씨(38세)는 2005년 종잣돈 2,000만 원으로 출판사를 창업하여 지난 4년간 12권의 책을 출간하였다. 비록 초대형 베스트셀러는 없었지만, 대형 출판사와 달리 마케팅 비용이 적어 3~4만 부만 팔려도 1억 원의 수익이 돌아오니 결과적으로 더 많은 이윤을 창출할 수 있었다. 정희 씨의 성공 비결은 아웃소싱이다. 디자인이나 필름 출력, 외서 중개 업무처럼 비전문 분야는 외부 업체에 맡겼다. 출판의 경우 아웃소싱

시스템이 잘 갖춰져 있기 때문에 기획력만 확실하다면 인건비를 크게 줄일 수 있다.

### 기술이 없다면 프랜차이즈를 두드려라

전문 지식이나 내세울 기술이 없다면 프랜차이즈 창업을 통한 1인 기업도 도전해 볼 만하다. 1,000만 원대의 소자본으로도 창업이 가능하고, 본사에서 창업에 필요한 모든 것을 챙겨 주므로 혼자서도 충분히 운영이 가능하다. 최근에는 방문형 잉크·토너 충전업이나 청소업, 사무용품 구매 대행업 등 소비층이 뚜렷한 업종이 인기를 끌고 있다.

혼자 가정이나 사무실을 돌며 맨손으로 일을 해야 하는 관계로 직책과 달리 폼은 안 나지만, 이미 성공적으로 자리 잡은 사람들이 평균 300만 원에서 최고 600만 원까지 순이익을 내는 걸 보면 체면치레는 다시금 생각해 볼 일이다.

# 창업, 아이디어만큼 중요한 것이 전문성이다

"한발 앞서기 위해서는 끊임없이 공부하라."

성공한 여성 CEO들의 공통된 조언이다. 초보 사장님 10명 중 8명이 실패의 쓴잔을 맛보는 이유도 바로 '공부'가 부족하기 때문이다. 아무리 작은 점포라도 일단 창업을 하면 운영이 아닌 경영을 해야 한다. 고객의 요구를 파악하여 이에 적절한 대응을 하기 위해서는 '마케팅 방법'을, 한 명의 직원이라도 효율적으로 관리하기 위해서는 '인재 관리법'을 알아야 한다. 또한 수많은 변수와 예측 불가능한 위기를 이겨 내기 위해서는 '위기 관리법'도 배워야 한다.

반짝이는 아이디어도 전문성이 없다면 빛을 잃기 쉬운 법이다. 이것이 바로 창업한 이후에도 다양한 지식을 배우는 데 투자를 아끼지 말아야 하는 이유다.


## 주경야독으로 전문가가 된 주부 CEO
## '발품이 성공의 밑거름'


　자동차 부품을 생산하는 K산업의 김윤수 대표(52세)는 연매출 50억 원을 바라보는 성공한 여성 CEO다. 지난 2003년 항공기나 자동차, 전자 제품의 미세 부분을 처리할 때 빠져서는 안 되는 극소 연소재를 국내에서 처음으로 개발해 세계적으로 주목받았다. 제품의 질도 우수하여 그동안 수입 제품을 써오던 국내 항공, 자동차, 전자 업계는 물론, 미국과 인도네시아 등 외국에 역으로 수출하고 있다.

　왠지 공대를 나와 외국에서 박사 학위까지 받았을 것 같지만, 사실 김윤수 씨는 방송통신대학 교육학을 전공하여 사업을 하기 전까지 직장 생활조차 해본 적 없는 전업주부였다. 그녀의 성공은 순전히 '공부'를 통해 이루어 낸 쾌거라 할 수 있다.

　그녀는 남편이 외환 위기로 실직하자 지인의 공장 귀퉁이에서 기계 한 대와 자본금 3,000만 원으로 창업에 뛰어들었다. 제조업 분야는 전통적 남성 직종인 탓에 처음에는 '여자가 제조업에 대해 뭘 알

아 내 가 　 내 일 을 　 잡 았 다

겠냐.'는 비아냥이 쏟아졌다. 게다가 사업을 시작한 1990년대 당시엔 여성 직원조차 찾아보기 어려웠다.

이러한 환경 속에서 그녀는 전문가가 되지 못하면 살아남을 수 없다고 판단했다. 그때부터 엔지니어들을 초청해 기술을 습득하고, 밤에는 야간 대학원에서 공부했다. 이와 동시에 같은 지역의 선배 여성 CEO들을 쫓아다니며 경영 노하우를 배웠고, 한 명의 고객이라도 잡기 위해 고된 발품을 팔았다. 이러한 노력을 거듭하며 제품을 손에 들고 업체를 방문한 지 1년 반 만에 첫 주문을 받을 수 있었다.

50이 넘은 지금도 그녀의 손에서는 금속 가루가 떠나지 않는다. 만약 그녀가 기술 개발이나 영업을 모두 직원들에게 떠맡긴 채 얼굴 사장만 했다면 세계에서 인정받는 기술은 얻을 수 없었을 것이다. 처음에는 생계를 위해 창업을 시작했지만, 그녀의 열정과 노력은 지금의 회사를 성공으로 이끌었다.

그녀는 "공부하지 않는 CEO는 절대 성공할 수 없다."며 '끊임없는 준비와 과감한 실천, 그리고 노력이라는 변치 않는 진리'가 성공 전략이라고 강조했다.

# 사장이 변해야 직원들도 변한다

오미경 대표(45세)는 한복 대여점을 운영하고 있다. 다른 한복 대여점과 차별화되는 가장 큰 특징은 6개월에서 1년 단위로 신제품을 내놓는다는 점이다. 이것이 바로 경쟁 업체의 난립 속에서도 고객들의 발길이 끊이지 않는 이유다.

그녀는 8년 전 외환 위기로 남편이 일을 그만두자 창업에 뛰어들었다. 창업 아이템을 찾다가 우연히 인터넷에서 무점포 방문 상담으로 한복을 대여해 주는 프랜차이즈 업체를 발견한 것이 한복 대여점을 시작한 계기가 되었다. 그리고 1년 반이 지난 후 그녀는 대여점이 아니라 독자 브랜드를 출시하여 오늘의 자리에 올랐다.

물론 그녀의 성공 비결은 끊임없이 새로운 제품을 내놓는 데 있다. 유행이 지나거나 철 지난 제품을 빌려 주는 기존 업계의 관행을 과감히 깨는 한편, 한복을 맞춤형으로 제작해 주는 유명 브랜드에 뒤지지 않는 지속적인 투자를 해오고 있다. 그러나 그녀에게는 잘 알려지지 않은 비결이 하나 더 있다. 바로 자신에 대한 적극적 투자다.

한복 대여점은 인터넷 홍보 비중이 높다. 대부분의 소비자들이 인터넷 검색을 통해 찾아오기 때문이다. 그녀는 홈페이지 관리와

아 내 가 　내 일 을 　잡 았 다

한복 사진의 이미지 작업이 사업 성공의 관건이라고 판단했다. 그래서 바쁜 일정을 쪼개 전자상거래 2급 자격증을 땄고, 웹마스터 과정도 수료했다. 사장 자신이 관련 지식을 알고 있어야 직원에게 정확한 업무를 지시할 수 있고, 외부 업체에 맡기더라도 관리가 가능하다는 게 그녀의 생각이었다. 꾸준히 공부한 결과, 지금은 웬만한 작업은 혼자서 소화할 정도의 실력을 자랑하게 되었다. 회사의 대표가 직접 나서자 직원들의 업무 태도 역시 달라지기 시작했고 이는 매출 상승으로 이어졌다.

최근에는 경영 공부도 시작했다. 사업이 커질수록 회계 관리와 조직 관리, 마케팅 능력에 대한 필요성을 느꼈기 때문이다. 미경 씨가 공부를 마쳤을 때쯤에는 또 어떤 변화가 일어날지 벌써부터 궁금해진다.

그녀는 "사업은 한번 정체되기 시작하면 금방 나락으로 떨어진다."며 "끊임없는 성장과 지속을 위해서는 열심히 뛰고 배워야 한다."고 힘주어 말했다.

**Mini Book**

여성 창업자를
위한 비즈니스
프로그램

### 1. 서울시 '맘프러너창업스쿨'(www.edumom.seoul.kr)

서울시는 육아와 가사 문제로 창업 교육을 받기 어려운 여성들을
위해 2008년 9월 '맘프러너창업스쿨' 홈페이지를 오픈했다. 맘프
러너Mompreneur, 주부 사업가란 기업가Entrepreneur와 엄마Mom를 합성한
신조어다. 창업 스쿨은 크게 창업 과정과 실무 과정으로 구분되며,
창업 과정은 외식업, 유통업, 인터넷 과정이 마련되어 있다. 실무 과
정은 경제, 재테크, 교양 · 취미 관련 총 20개 과정으로, 2개월 단위
로 지원한다.

## 2. 한국여성경제인협회

한국여성경제인협회는 선물 포장 대행업, 와인숍, 이벤트 매니지먼트, 테이크아웃 전문점 등 다양한 온라인 창업 강좌를 무료로 제공하고 있다. 오프라인에서는 파티 플래너, 미술 심리 치료 등 여성 유망 창업 업종을 대상으로 창업 스쿨을 운영하며, 전국 지회에서 연중 수시로 열린다. 오프라인 강좌의 경우에는 별도의 수강료를 지불해야 하며, 수강생에게는 일대일 전문가 컨설팅이 무료로 지원된다.

## 3. 소상공인지원센터

소상공인지원센터에서는 5인 미만 생활형 서비스업 자영업자를 대상으로 영업 전략 수립과 메뉴 개발 등 경영 혁신부터 업종 변경, 프랜차이즈화, 쇼핑몰 구축, 사업 정리까지 자영업 창업과 경영 전반에 대한 컨설팅을 지원하고 있다. 특별히 여성에 초점을 맞추지는 않았지만, 창업에 대한 전문 지식에는 남녀가 따로 없으므로 적극 활용할 만하다. 컨설팅 비용은 최대 30만 원까지 정부 지원이 되고, 창업자는 5만 원의 수수료만 내면 되니 상당히 저렴하다.

이와 함께 예비 창업자들을 위한 '5단계 패키지 창업 지원 프로그램'도 운영하고 있다. 지난해에는 예비 창업자와 업종 전환을 준비하는 사람 등 1,000명을 대상으로 음식업, 도소매업, 서비스업 등 총 3개 업종에 대한 프로그램을 실시했다. 이 역시 정부에서 지원이

나와 현장 실습비 5만 원만 부담하면 되었다.

'소상공인e-러닝센터(edu.sosang.or.kr)'에서는 창업 준비 과정을 비롯해 음식업, 화장품업, 화훼업, 세탁업 등 총 52개 온라인 강좌를 무료로 제공하고 있다.

이외에도 서울시 여성능력개발원(wrd.seoulwomen.or.kr)과 여성 전문 직업훈련기관, 지자체 등에서도 다양한 창업 특강을 개최하고 있으니 놓치지 말자.

# 오늘과 다른 새로운 내일은
# 지금부터 시작된다

"꿈이 뭐예요?"

"꿈? 아직도 그런 거 갖고 살아요?"

이제 막 마흔에 접어든 내 또래 여성들과 '꿈'을 소재로 재미있게 대화를 이어 나가는 것은 생각만큼 쉽지 않다. '꿈'을 꿀 수 있는 자격이 푸르렀던 십대와 찬란했던 이십대로 정해져 있는 것도 아니건만, 왠지 어색해하는 사람들의 표정을 마주하노라면, 나는 뜬금없는 질문을 던져 쑥스럽다는 표정으로 몇 분의 침묵을 견뎌 내야 한다.

그렇게 조심스럽게 시작된 꿈에 대한 이야기들. '내 꿈이 뭐였더라……' 생각을 되돌려 보는 것만으로도 조금씩 밝아지는 얼굴들.

저마다 한 가지씩 풀어 놓은 이야기들이 꽃을 피울 때 쯤, 그녀들은 어느새 '나는 정말 갖고 싶은 내 모습이 있어, 지금의 나보다 당당하고 멋진 내 모습. 우리말이야, 지금이라도 시작한다면 조금 다르게 살 수 있지 않을까?'라며 동의를 구하는 눈빛을 교환한다. 그리고 그 순간 모두의 마음속에 웅크리고 있는 '삶에 대한 뜨거운 애정'을 확인하게 된다. 결혼을 하고 나이가 들어갈수록 오히려 더욱 거세지는 새로운 인생에 대한 욕구는 현실 앞에 두려우면서도, 희망이라는 또 다른 얼굴로 여전히 살아 숨 쉬고 있는 것이다.

중년의 나이를 바라보는 사람들에게 '꿈'과 '도전'이라는 주제는 쉽지 않은 숙제다. 어릴 적 화려하고 행복하지만 막연했던 꿈은 세월을 거치면서 구체적으로 '어떤 일', '어떤 직장', '어느 정도의 보수', '결혼', '육아', '생계'라는 현실적 조건과 충돌하면서 자주 모습을 바꾸게 된다. 그리고 삶이 힘겨울수록 '안주'와 '타협'을 선택하게 된다. 결국 '도전이라는 이름의 용기'는 현실의 뒤편에 꽁꽁 숨어 버리게 되는 것이다.

'꿈'에 대한 기억 상실. 누구나 한번쯤은 생각하는 것만으로도 심장이 벌떡일 만큼 갖고 싶은 인생이 있었을 것이다. 남편의 성공과 아이들의 성적에 일희일비하는 인생이 아닌, 온전히 나의 노력으로 만들어 낸 '나만의 삶'에 대한 기대 말이다. 꽃같이 아름다운 시절 웨딩드레스를 입었고, 눈에 넣어도 안 아픈 아이를 기르면서 당신의 인생은 분명 풍요로워졌다. 하지만 '내가 정말 잘 살고 있는 걸까?' 되묻게 되는 이유는 잠시 잊혀졌던 당신의 꿈이 심장에 대고 계속 속삭이기 때문이다.

치열한 경쟁 속에서 능력의 한계를 시험하고, 이어지는 야근으로 잔뜩 무거워진 몸을 이끌고 집으로 돌아가면서도 가슴 가득 차오르는 뿌듯함을 상상해 보라. 가끔은 가벼운 월급 통장 때문에 실망할 때도 있을 것이다. 하지만 그 정도는 가뿐하게 잊어 버릴 만큼 충만한 삶임에 분명하다. 꿈에 도달하기 위한 목표가 있고, 그 목표를 향해 달려가면서 당신은 당신 안에서 세차게 뛰고 있는 심장을 온몸으로 절감할 것이다.

기자 생활을 하면서 가장 즐거웠던 순간은 용기와 열정으로 자신의 삶을 개척해 나가는 멋진 여성들을 만날 때였다. 그 여성들은 내가 '일'을 놓아 버리고 싶을 때, 대충 편하게 살고 싶어질 때마다 '도전하는 삶'의 중요성을 일깨워 주며 내 처진 어깨에 손을 올려 주었다. 그리고 지금 그들의 이야기를 당신과 함께 공유하고 싶어 이 책에 풀어 놓았다.

전업주부로 10여 년을 살다가 '전문직 여성'으로 변신한 그녀들은 '간절히 원하는 것은 반드시 이루어진다.' '도전에 나이 제한은 없다.'는 사실을 너무도 분명하게 보여 준다. 그런가 하면 이제 막 재취업에 뛰어드는 여성들에게, 엄마, 아내라는 삶 외의 또 다른 삶도 '희망'이라는 이름의 '성공 스토리'로 만들어 갈 수 있음을 알려 준다. 변화를 선택한 용기 있는 결단이 있었기에 그녀들의 꿈은 현재 진행형일 수 있는 것이다.

목표를 가진 사람은 당당한 삶을 실 수 있다. 그 이유는 100퍼센트 자신의 삶에 집중할 수 있기 때문이다. 누구의 딸로, 누구의 아내로, 누구의 엄마로 지금까지 열심히 살아왔으니, 이제부터는 '새로운 내 인생'을 계획해 보자. 무엇을 어떻게 준비하면 성공할 수 있을까. 완벽한 해답을 찾기 위해 너무 오래 주저하지 않았으면 좋겠다. 인생에 완벽한 준비란 없다. 도전하고, 수정하면서 그렇게 변화해 나가면 된다. 실패를 두려워할 필요도 없다. 넘어지는 것이 두려우면 걸음마도 배울 수 없다. 사회로 다시 나올 마음의 준비, 그거 하나면 시작을 위한 채비는 끝난 것이다.

이 책에 소개된 여성 그리고 현재가 아닌 미래를 위해 기꺼이 변화를 선택하는 이 땅의 많은 여성들이 모두 당신의 지지자며 동료다. 당신의 귀한 삶을 위한 도전, 오늘과 다른 새로운 내일은 바로 지금부터 시작된다.

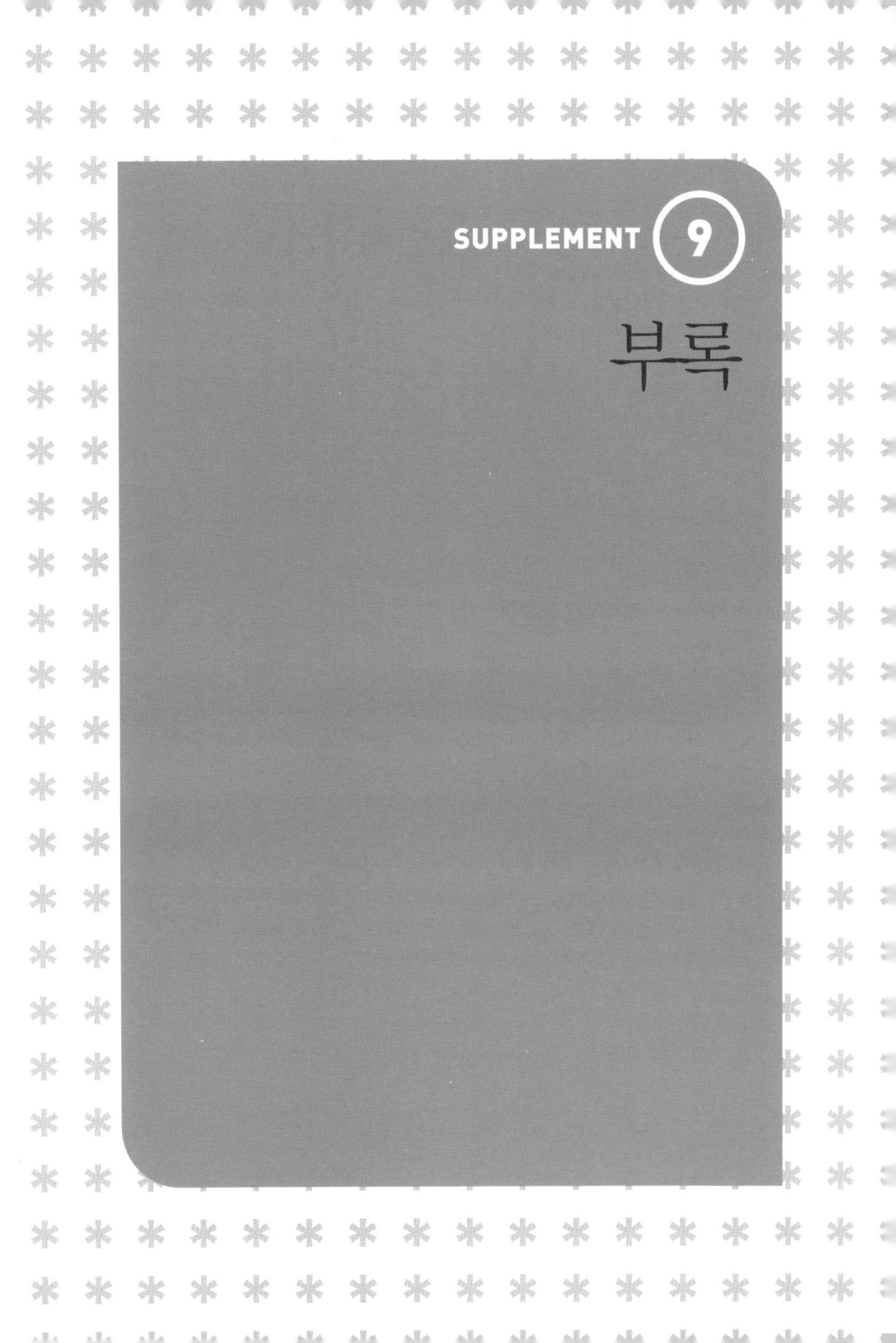

SUPPLEMENT 9

부록

# 주부를 위한 취업훈련기관과
# 창업자금지원기관

**\*표시는 여성새로일하기센터 지정 기관**

◉ **지역별 주부 재취업 직업훈련기관**

## 1. 서울시

| | | |
|---|---|---|
| 강서여성인력개발센터 | www.hrbks.or.kr | 02-2692-4549 |
| 강북여성인력개발센터 | www.womanjob.or.kr | 02-980-2377 |
| 금천여성인력개발센터* | www.ywcajob.or.kr | 02-858-4514~5 |
| 구로여성인력개발센터* | www.kurowoman.com | 02-867-4456 |
| 관악여성인력개발센터* | www.kwoman.or.kr | 02-886-9523~5 |
| 중랑여성인력개발센터* | www.womanpro.org | 02-3409-1947~9 |
| 노원여성인력개발센터 | www.job365.or.kr | 02-951-0187 |
| 동대문여성인력개발센터* | www.job2060.or.kr | 02-921-2020 |
| 동작여성인력개발센터 | www.djwoman.or.kr | 02-525-1121 |
| 마포신촌여성인력개발센터* | www.workers.or.kr | 02-332-8661 |
| 서초여성인력개발센터* | www.itwoman.or.kr | 02-581-4433 |
| 은평여성인력개발센터* | www.epwoman.or.kr | 02-389-1976 |
| 용산여성인력개발센터 | www.wworker.or.kr | 02-714-9762~4 |

아 내 가  내 일 을  잡 았 다

| | | |
|---|---|---|
| 종로여성인력개발센터* | www.sbwomen.or.kr | 02-765-1326 |
| 서울시 여성능력개발원 | wrd.seoulwomen.or.kr | 02-460-2300 |
| 서울시 남부여성발전센터 | nambu.seoulwomen.or.kr | 02-802-0922~4 |
| 서울시 서부여성발전센터* | seobu.seoulwomen.or.kr | 02-2607-8791~4 |
| 서울시 북부여성발전센터* | bukbu.seoulwomen.or.kr | 02-972-5506~8 |
| 서울시 중부여성발전센터 | jungbu.seoulwomen.or.kr | 02-719-6307~8 |
| 송파여성문화회관 | www.songpawoman.org | 02-2203-3330 |
| 서울특별시립 상계직업전문학교 | www.sangyehrd.or.kr | 02-2092-4804 |
| 서울특별시립 서울종합직업전문학교 | www.sevo.or.kr | 02-440-5500 |
| 서울특별시립 엘림직업전문학교 | school.elimtown.org | 031-390-3920 |
| 서울특별시립 한남직업전문학교 | www.hannamvs.or.kr | 02-3785-2685~7 |
| 동덕여대 평생교육원 | wse.dongduk.ac.kr | 02-940-4261~3 |
| 덕성여대 평생교육원 | adult.duksung.ac.kr | 02-765-1846 |
| 서울사이버대학 평생교육원 | edu.iscu.ac.kr | 02-944-5255 |
| 서울여대 평생교육원 | cec.swu.ac.kr | 02-970-5340~1 |
| 성신여대 평생교육원 | www.sungshin.ac.kr/~continue/hp2004 02-920-7411~2 | |
| 숙명여대 평생교육원 | open.sookmyung.ac.kr | 02-710-9139~41 |
| 이화여대 평생교육원 | sce.ewha.ac.kr | 02-3277-3111 |
| 연세대 사회교육원 | www2.yonsei.ac.kr/extension | 02-2123-3581~3 |
| 한국방송통신대학 평생교육원 | cle.knou.ac.kr | 02-3668-4433~4 |
| 한양여자대학 평생교육원 | www.hyhaksa.com | 02-2296-2616 |
| 폴리텍대학 서울강서대학 | kpc1gs.ac.kr | 02-2186-5800 |
| 폴리텍대학 서울정수대학 | kpc1js.ac.kr | 02-2001-4001~4 |

## 2. 경기도

| | | |
|---|---|---|
| 고양여성인력개발센터* | www.kycenter.or.kr | 031-912-8555 |
| 부천여성인력개발센터* | www.ilwoman.or.kr | 032-326-3004 |
| 성남여성인력개발센터* | www.snw.or.kr | 031-718-6696 |

| | | |
|---|---|---|
| 수원여성인력개발센터* | www.vocationplus.com | 031-206-1919 |
| 시흥여성인력개발센터 | www.shwomen.or.kr | 031-313-0473~4 |
| 안산여성인력개발센터* | www.ansanwomen.or.kr | 031-439-2060~4 |
| 안양여성인력개발센터* | www.anyangcenter.or.kr | 031-453-4360 |
| 인천서구여성인력개발센터* | www.sgwomen.or.kr | 032-577-6091~2 |
| 인천여성인력개발센터* | www.ywcaici.com | 032-469-1251~2 |
| 경기도 북부여성비전센터* | www.womanpia.or.kr | 031-8008-8100 |
| 경기도 여성능력개발센터* | www.womenpro.or.kr | 031-8999-100 |
| 경기도 여성비전센터 | woman.gg.go.kr | 031-8008-8007~115 |
| 구리시 여성노인회관 | www.guriedu.go.kr | 031-550-2951~3 |
| 군포시 여성회관 | gender.gunpo21.net | 031-390-7632 |
| 광명시 여성회관 | woman.kmc21.net | 02-898-5784~5 |
| 만안 여성회관 | mw.ayct.net | 031-444-6722 |
| 부천시 여성회관 | woman.bcf.or.kr | 032-320-6342~8 |
| 시흥시 여성회관 | shwoman.or.kr | 031-310-6019 |
| 수원시 가족여성회관 | sfwomen.suwon.ne.kr | 031-228-3461~5 |
| 안산시 여성회관 | wm.iansan.net | 031-481-2761~4 |
| 안성시 여성회관 | woman.anseong.go.kr | 031-678-2274~7 |
| 안양시 동안여성회관 | dw.ayct.net | 031-389-5780~4 |
| 인천광역시 여성문화회관 | www.iwcc.or.kr | 032-511-3141~4 |
| 인천여성의광장 | www.incheonwp.go.kr | 032-815-7101~3 |
| 오산시 여성회관 | women.osan.go.kr | 031-370-3256~8 |
| 파주시 교육문화회관 | womenclub.paju.go.kr | 031-940-4442, 8 |
| 경기대학 수원사회교육원 | suwon.kyonggiedu.ac.kr | 031-249-9846~7 |
| 아주대학 평생교육센터 | cll.ajou.ac.kr | 031-219-1561 |
| 수원여자대학 평생교육원 | cec.swc.ac.kr | 031-290-8061~2 |
| 성결대학 평생교육원 | sky.sungkyul.edu/soc | 031-467-8064 |
| 폴리텍대학 남인천캠퍼스 | www.kopo2nic.ac.kr | 032-450-0310 |
| 폴리텍대학 인천캠퍼스 | www.kpc2.ac.kr | 032-510-2102~5 |

아 내 가  내 일 을  잡 았 다

| | | |
|---|---|---|
| 폴리텍대학 화성캠퍼스 | www.kopo2hsc.ac.kr | 031-350-3200 |
| 한국폴리텍여자대학 | www.kwpc.ac.kr | 031-650-7300 |

## 3. 강원도

| | | |
|---|---|---|
| 춘천여성인력개발센터 | www.ccwomen.or.kr | 033-243-6474~5 |
| 국립원주대학 평생교육원 | psedu.wonju.ac.kr | 033-760-8230 |
| 한림성심대학 평생교육원 | lifepartner.hsc.ac.kr | 033-240-9490~1 |
| 폴리텍대학 강릉캠퍼스 | www.kpc3gn.ac.kr | 033-642-0811~4 |
| 폴리텍대학 원주캠퍼스 | www.kpc3wj.ac.kr | 033-741-7020~4 |
| 폴리텍대학 정선캠퍼스 | www.kpc3js.ac.kr | 033-560-1000 |
| 폴리텍대학 춘천캠퍼스 | ccpc.kpc3.ac.kr | 033-260-7600 |

## 4. 충청도

| | | |
|---|---|---|
| 대전여성인력개발센터* | www.djjob.or.kr | 042-534-4340~2 |
| 보령여성인력개발센터* | www.brjob.or.kr | 041-935-9663 |
| 천안YWCA여성인력개발센터* | www.chwoman.or.kr | 041-576-3060~1 |
| 청주YWCA여성인력개발센터* | www.womanhouse.or.kr | 043-258-0624~5 |
| 천안시 여성회관 | www.women.cheonan.go.kr | 041-521-2991~2 |
| 대원과학대학 평생교육원* | www.daewon.ac.kr/adult | 043-649-3526 |
| 주성대학 평생교육원 | jouth.jsc.ac.kr/youth_04 | 043-210-8471 |
| 천안연암대학 평생교육원 | edu.yonam.ac.kr | 041-580-1221~2 |
| 충청대학 평생교육원 | www.ok.ac.kr | 043-230-2571~2 |
| 백석대학 평생교육원 | edu.bcc.ac.kr | 041-550-0663 |
| 폴리텍대학 대전캠퍼스 | www.kpc4.ac.kr | 042-670-0512 |
| 폴리텍대학 아산캠퍼스 | www.asan.ac.kr | 041-539-9421~7 |
| 폴리텍대학 제천캠퍼스 | www.jecheon.ac.kr | 043-649-2800 |
| 폴리텍대학 청주캠퍼스 | www.cjpc.ac.kr | 043-279-7466 |
| 폴리텍대학 홍성캠퍼스 | www.hspc.ac.kr | 041-630-3524 |
| 한국폴리텍 바이오대학 | www.kbpc.ac.kr | 041-746-7300 |

## 5. 전라도

| | | |
|---|---|---|
| 광주시북구여성인력개발센터* | www.bkwomancenter.or.kr | 062-266-8500 |
| 광주여성인력개발센터* | www.womencenter.or.kr | 062-511-0001~3 |
| 목포YWCA여성인력개발센터* | www.mpywca.or.kr | 061-283-7535 |
| 순천여성인력개발센터 | www.scwoman.kr | 061-744-9704~7 |
| 여수여성인력개발센터* | www.여수여성인력개발센터.kr | 061-641-0050 |
| 군산여성인력개발센터* | www.kswork.or.kr | 063-468-0055~7 |
| 전주여성인력개발센터* | www.jjwoman.or.kr | 063-232-2346~7 |
| 담양군 여성회관 | www.damyang.go.kr | 061-380-3114 |
| 순천시 여성문화회관 | www.scwomen.or.kr | 061-749-3493 |
| 광주여자대학 평생교육원 | always.kwu.ac.kr | 062-950-3584~5 |
| 순천대학 평생교육원 | lifelong.sunchon.ac.kr/life | 061-750-5076~7 |
| 원광대학 평생교육원 | inform.wonkwang.ac.kr | 063-850-5512~3 |
| 전북대학 평생교육원 | www.cec.chonbuk.ac.kr | 063-288-0022 |
| 폴리텍대학 김제캠퍼스 | www.kpgj.ac.kr | 063-540-7600 |
| 폴리텍대학 고창캠퍼스 | www.kpgc.ac.kr | 063-560-3700 |
| 폴리텍대학 광주캠퍼스 | www.kpc5.ac.kr | 062-525-0441 |
| 폴리텍대학 남원캠퍼스 | www.kpnw.ac.kr | 063-620-9000 |
| 폴리텍대학 목포캠퍼스 | www.kpmp.ac.kr | 061-454-5231~4 |
| 폴리텍대학 순천캠퍼스 | www.kpsc.ac.kr | 061-721-0300~2 |
| 폴리텍대학 익산캠퍼스 | www.kpis.ac.kr | 063-830-3111 |

## 6. 경상도

| | | |
|---|---|---|
| 김해여성인력개발센터* | www.withwoman.co.kr | 055-331-4335~6 |
| 마산여성인력개발센터 | www.masan-woman.or.kr | 055-232-5265~6 |
| 구미여성인력개발센터* | www.gumiwoman.or.kr | 054-456-9494 |
| 칠곡여성인력개발센터 | www.chilgokcenter.or.kr | 054-973-7016 |
| 포항YWCA여성인력개발센터* | www.ph-woman.or.kr | 054-278-4410~2 |
| 대구달서여성인력개발센터 | www.dalseocenter.or.kr | 053-285-1331 |

아 내 가 내 일 을 잡 았 다

| | | |
|---|---|---|
| 대구여성인력개발센터* | www.how-ywca.or.kr | 053-472-2280~2 |
| 부산동래여성인력개발센터* | www.womancenter.or.kr | 051-503-7268 |
| 부산진여성인력개발센터 | www.bswoman.or.kr | 051-807-7944 |
| 해운대여성인력개발센터* | www.hwcenter.or.kr | 051-702-9196~9 |
| 울산여성인력개발센터* | www.usvocation.org | 052-227-1130 |
| 창원여성인력개발센터 | www.cwcenter.or.kr | 055-283-3220~1 |
| 경주시 평생학습문화센터 | www.gjcwc.or.kr | 054-742-5611 |
| 대구광역시 여성회관* | www.daegu.go.kr/Women | 053-351-0195~6 |
| 부산광역시 여성회관* | woman.busan.go.kr | 051-610-2010~3 |
| 울산광역시 여성회관* | www.w1.or.kr | 052-281-0394~5 |
| 영천시 여성복지회관 | www.i01000.com/ycwm | 054-338-2468 |
| 진해시 여성회관 | www.jhwoman.or.kr | 055-551-0221 |
| 가야대학 평생교육원 | life.kaya.ac.kr | 055-330-1095~7 |
| 경남대학 평생교육원 | www.kyungnam.ac.kr/~cce | 055-249-1854~5 |
| 계명대학 평생교육원 | edulife.kmu.ac.kr | 053-620-2293 |
| 대구대학 평생교육원 | web.daegu.ac.kr/dept/sed | 053-650-8325 |
| 부산여자대학 사회교육원 | sahoi.pwc.ac.kr | 051-850-3107~8 |
| 안동대학 평생교육원 | anu.andong.net | 054-820-5151~2 |
| 폴리텍대학 거창캠퍼스 | www.kpc7gc.ac.kr | 055-949-2296 |
| 폴리텍대학 구미캠퍼스 | www.kpc.ac.kr | 054-461-5241 |
| 폴리텍대학 동부산캠퍼스 | www.kpc7dbs.ac.kr | 051-609-6000 |
| 폴리텍대학 달성캠퍼스 | www.kopods.ac.kr | 053-610-6521~4 |
| 폴리텍대학 대구캠퍼스 | www.kps.ac.kr | 053-567-0101 |
| 폴리텍대학 영주캠퍼스 | www.kopoyj.ac.kr | 054-633-9500 |
| 폴리텍대학 진주캠퍼스 | www.kpjc.ac.kr | 055-760-2221 |
| 폴리텍대학 포항캠퍼스 | www.kopoph.ac.kr | 054-288-2200 |
| 폴리텍대학 창원캠퍼스 | www.cpc.ac.kr | 055-279-1700 |
| 한국폴리텍 섬유패션대학 | www.ktf.ac.kr | 053-582-4010 |

## 7. 제주도

| | | |
|---|---|---|
| 제주여성인력개발센터* | www.jejuwoman.kr | 064-753-8090 |
| 제주관광대학 평생교육원 | lifelong.ctc.ac.kr | 064-754-5800~1 |
| 제주산업정보대학 | www.jeju.ac.kr | 064-754-0200 |
| 한라대 평생교육원 | www.halla-c.ac.kr/org/life | 064-741-7575 |


## ◉ 예비 여성 CEO를 위한 창업자금지원기관

1. 근로복지공단 '희망 드림 창업 지원'
   www.kcomwel.or.kr / 1588-0079

2. 중소기업청 '중소 · 벤처 창업 자금'
   www.smba.go.kr / 홈페이지를 통해 집과 가까운 센터 연락처 제공

3. 소상공인지원센터 '소상공인 창업 및 경영 개선 자금'
   www.sbdc.or.kr/center / 홈페이지를 통해 집과 가까운 센터 연락처 제공

4. 사회연대은행 '창업 지원'
   www.bss.or.kr / 02-2274-9637

5. 신나는 조합 '저소득층 창업 지원'
   www.joyfulunion.or.kr / 02-365-0330

6. 한국여성경제인협회 '저소득 여성가장 생계형 창업 자금 지원'
   www.womanbiz.or.kr / 홈페이지를 통해 집과 가까운 센터 연락처 제공

7. 아름다운재단 '한부모 여성가장 창업 지원-희망가게'
   www.beautifulfund.org / 02-766-1004, 730-1235

아 내 가   내 일 을   잡 았 다